U0904184

龙马传 I

黑船与剑

〔日本〕福田靖　青木邦子　著
陈娴若　译

译林出版社

图书在版编目（CIP）数据

龙马传. Ⅰ，黑船与剑 /（日）福田靖，（日）青木邦子著；陈娴若译. —南京：译林出版社，2016.6
ISBN 978-7-5447-6299-1

Ⅰ.①龙… Ⅱ.①福… ②青… ③陈…Ⅲ.①长篇小说－日本－现代 Ⅳ.①I313.45

中国版本图书馆CIP数据核字（2016）第082443号

著作权合同登记号　图字：10—2012—116号

书　　名　龙马传Ⅰ　黑船与剑
作　　者　〔日本〕福田靖　青木邦子
译　　者　陈娴若
责任编辑　陆元昶
特约编辑　苑浩泰
出版发行　凤凰出版传媒股份有限公司
　　　　　译林出版社
出版社地址　南京市湖南路1号A楼，邮编：210009
电子信箱　yilin@yilin.com
出版社网址　http://www.yilin.com
印　　刷　三河市祥达印刷包装有限公司
开　　本　640×960毫米　1/16
印　　张　16.75
字　　数　174千字
版　　次　2016年6月第1版　2016年6月第1次印刷
书　　号　ISBN 978-7-5447-6299-1
定　　价　36.00元

译林版图书若有印装错误可向承印厂调换

目　录

序　幕……………………………………………………1

第一章　上士与下士……………………………………5

第二章　大器晚成？…………………………………38

第三章　伪证件之旅…………………………………58

第四章　江户的罗刹美人……………………………74

第五章　黑船与剑……………………………………92

第六章　松阴在哪里？……………………………110

第七章　遥远的纽约　……………………………130

第八章　弥太郎之泪………………………………152

第九章　生命的价值………………………………171

第十章　加尾的抉择………………………………191

第十一章　土佐沸腾………………………………210

第十二章　暗杀指令………………………………228

第十三章　再会了土佐……………………………247

序　幕

维持了两百六十五年的德川时代终于迎向了最后一幕。当维新动乱以明治十年(一八七七)的西南战争画下句号之际，反抗藩阀政府的自由民权运动如火如荼般展开。

同时，社会上也出现了乘上时代潮流、积蓄万贯财产的人物。其中一位人称“政商”[①],就是后来成为三菱财阀创始者的岩崎弥太郎。

明治十五年（一八八二)，东京的岩崎府正举办一场豪华宴会。洋人的四重奏乐团演奏的优雅音乐，轻快地在西式建筑的大客厅里流淌。宾客全是富商名流，手持美酒佳肴愉快地谈笑。

看到宾客大致都已到齐,一名男子站起身,一身和式礼服,唇上蓄着威风的八字胡，他，就是三菱邮务汽船公司的社长岩崎弥太郎。

弥太郎走上台，一大间客厅倏然鸦雀无声，所有宾客一齐注视着弥太郎。

弥太郎向台下扫视一遍，慢慢地开了口。

---

① 利用政治人物或关系来做生意的商人。

“我生长在土佐一个地下浪人[1]之家，当时人穷屋破，过着简直是在地上爬的生活。我每天咬牙想着，总有一天我会成功，我会出人头地……今天能请到诸位莅临寒舍，实在是感慨万千。”

宾客间响起了热烈的掌声。

“谢谢，谢谢……我们三菱邮务汽船公司，仅在七年内就获得了很大的发展，现在已是我国最大的海运公司。但我并不满足，未来三菱还要进军造船、金融、贸易、煤矿开发等各种产业，与全世界做生意！”

说到这里，宾客们的掌声轰然雷动。

弥太郎站在台上，满足地看着宾客，但随即宾客们却尖声喊叫，四散奔逃，一名男子手持短刀瞪视着弥太郎。

“你这个勾结政客，中饱私囊的卖国贼！岩崎弥太郎，我要替天行道！受死吧！”

男子举起短刀挥向弥太郎。就在同时，大批员工从四面八方向男子一拥而上，将男子压倒在地。

“我岩崎弥太郎为国为民操劳多年，岂能被你污蔑成卖国贼！”弥太郎咬牙切齿地怒喝。

大厅外接待室里的沙发上，正坐着年约三十岁、自称《土阳新闻》记者的坂崎紫澜。房门打开，弥太郎与四重奏悠扬的乐音同时进入接待室。

坂崎战战兢兢地站起身。

“对不起，在您忙碌之时前来打扰。能有机会见到创建三

---

① 土佐藩独有的身份，土佐的乡士是可以带刀、有赐姓的武士，但藩府不给俸禄，必须和农民一样务农才能生活。而卖掉乡士身份，就成了地下浪人。

菱的岩崎社长，我深感荣幸。”

“你从土佐专程赶来的吗？欢迎你来采访。”

“多谢。事实上，我是想向岩崎社长打听一个人……”

“打听一个人？你不是来采访我的公司的吗？对生意宣传没有帮助的采访，没有意义！”

弥太郎立即走向门口，但坂崎的声音却跟在身后说：“您听过坂本龙马这个名字吗？”

“你说什么？”弥太郎停下脚步，回头看向阪崎。

“姓坂本，蛟龙的龙，骏马的马。和岩崎社长都出生于土佐。”

“你怎么知道这个名字？”

“听某个人说的。他说，十五年前打倒德川幕府的，其实是一介浪士坂本龙马。不只如此，听说明治政府的框架也是坂本龙马创立的，而且……”

坂崎突然停顿，费了很大的劲才继续说下去。

“若是没有坂本龙马，岩崎弥太郎根本创建不了三菱吧。但坂本龙马在维新之前，三十三岁时就在京都被人暗杀了。”

弥太郎走回沙发，坐了下来。

“真没想到，到这个年纪还会听到他的名字。你打听龙马做什么？”

“如果我听说的都是真的，那他可是个了不起的人物呀。但是，现在却没有人知道有这么一个人。我想让世人认识坂本龙马这个人，请您告诉我，岩崎社长，坂本龙马究竟是怎样的人物？”

弥太郎的脑海中，不停翻腾着对龙马的种种回忆。

“龙马……”

弥太郎开始说，坂崎欠身向前。

“是我在这世上，最厌恶的人！”

“啊？”

“冒失轻浮、任意妄为、油腔滑调、有女人缘……这么讨人厌的家伙，天底下没有第二个。”

从幕末到明治，吃尽苦头才生存下来的岩崎弥太郎，从他的口中，娓娓道出他与有如疾风吹过般的坂本龙马之间数十年来奇妙的缘分。

第一章　上士与下士

弥太郎的视线飘向远方，思绪在四十年前的往昔中驰骋，辛酸的回忆再次涌上心头。

——我第一次遇见龙马时，才刚满十岁。

龙马与弥太郎都是土佐（今日本高知县）人。龙马出生的坂本家，在当时土佐藩的武士制度中，属乡士阶级。乡士就是下士，也就是下级武士，但坂本家有其特殊的背景，因而比起其他人家要更为富裕。

但弥太郎出生的岩崎家，因为贫困潦倒，只好把乡士的身份卖掉，成为所谓的地下浪人。

天保十四年（一八四三）。十岁的弥太郎天天背着自制的鸟笼，跟着父亲弥次郎四处沿街叫卖。两人衣衫褴褛，唯有腰上插着的两把刀，勉强看起来有武士的架势。

走到一间农舍前，弥次郎要弥太郎在原地等待，自己带了两三个鸟笼跨进农家。弥次郎一离开，弥太郎立刻从怀里取出一本破破烂烂的汉籍，出声念了起来。

“多算胜，少算不胜，而况于无算乎？”

是《孙子》。弥太郎一字一字朗声读着，忽然听见弥次郎的怒骂声而回过了头。

“你以为我是什么人！老子是井口村的岩崎弥次郎，可是货真价实的武士！”

农家主人回击：“那武士大人怎么会来卖鸟笼！”

“关你什么事？！”

弥次郎丢下话，朝儿子走去。弥太郎把《孙子》塞进怀里，就在这时，农家主人对着弥次郎的背影吼叫：“不就是地下浪人吗？跟我们老百姓有啥不同？”

“你想找死吗？”

弥次郎的手按住刀柄。

“想做生意，就把腰弯低一点！”

农家主人一面后退，一面不留情面地骂着。

“住嘴！”弥次郎的怒斥盖过了他，但还有另一个声音同时也骂向农家主人。

“住嘴！”

是弥太郎。农家主人惊讶地闭上了嘴，弥次郎和弥太郎怒气腾腾地转身离去。

“真是有其父必有其子。”农家主人不敢置信地说。

这次到了另一户农家门前，弥次郎再一次带了两三个鸟笼，要弥太郎等着，自己去卖。弥太郎找了个地方坐下，又从怀里拿出《孙子》读了起来。

“吾以此观之，胜负见矣。”

读得正入神时，却听见近处溪水边传来孩子们的嬉笑声。

弥次郎循着声音走去，从草丛中往水边探出头。

七八个小孩聚在溪边，溪岸上有一块数米高的石头，石头上站着一名全身只剩兜裆布的小男孩。十五岁的川原冢茂太郎，是孩子中最年长的，他喊了一声“跳！”便纵身跳入溪里，溅起的水花在阳光的照耀下熠熠生辉。在他之前跳进水里的武市半平太张开了嘴笑着，他和茂太郎同样是十五岁。

溪边的孩子们扬起了欢呼声。他们是岛村卫吉，十岁；平井收二郎，九岁；望月清平、龟弥太兄弟，分别是九岁和六岁；冈田以藏，六岁。

弥太郎的目光却被坐在收二郎身边、穿着和服的文静女孩深深吸引住。那是收二郎的妹妹，六岁的加尾。稚气未脱的脸庞，似乎觉得男孩们的游戏很有趣。

弥太郎正为可爱的加尾神魂颠倒时，忽然听到半平太大声说：“该你跳了，龙马！”

站在石头上穿着兜裆布的男孩就是坂本龙马，今年九岁，只比弥太郎小一岁。

“快点跳呀！”

“跳下来，龙马。”

年幼的以藏和龟弥太跟着起哄，但龙马一脸惊恐，两脚僵直。

加尾焦急不已，有点看不下去了。

“哥哥，算了吧！”

“加尾，你住嘴。龙马，快跳！”

被收二郎一催，龙马几乎就快哭出来了。

身后弥次郎的声音猛然响起：“算了，不做你生意了。小气鬼。”弥太郎吓了一跳回过头，恰巧看到弥次郎跟个农家女一路争吵，快步向他走来。

“走了！弥太郎。”弥太郎的眼神随着脚步拖拉的父亲，再往石上的龙马瞥了一眼。龙马正抹去脸上的泪痕，往后退了一步。

“胆小鬼。”弥太郎呸了一声，赶紧追上父亲的背影。

龙马恐惧得全身僵硬，在众人的鼓噪声中，才怯生生地稍微走向前，随即“啊——”的一声惨叫掉入水里。原来是清平偷偷爬上岩石，在龙马背后推了一把。

土佐藩属山内家治下。庆长五年（一六〇〇），原本统治土佐的长宗我部家，因为在“关原之战”[①]时追随西军且战败，领地被德川家没收；而后，德川家封山内一丰为土佐二十四万石，建立了高知城（位于现日本高知县高知市）。从此之后，山内家统治土佐直至幕末。

土佐藩的武士有一种特殊的身份制度，与其他藩国不同。侍奉山内家的武士被称为上士，享有优厚的待遇。而曾经侍奉长宗我部的旧臣后裔被称做下士，被人蔑视轻贱，所受的待遇更是大相径庭。

“呜呜呜……”龙马捧着衣服，穿着兜裆布，站在坂本家

---

① 又称关原合战，是日本战国时代末期发生于美浓国关原地区的一场战役。此战是德川家康与丰臣秀赖的家臣石田三成的直接对决。德川家康的军队为东军，石田三成的军队为西军。由于此战的胜负决定了谁可以拥有天下，所以也被誉为“决定天下的战争”。最终由于小早川秀秋阵前反戈，这场战争在一天内分出了胜负，德川家康取得了统治权，为其建立德川幕府奠定了基础。

的玄关前啜泣。

“只不过被推进溪里，有什么好哭的嘛。”

大声叱喝龙马的是他最小的姐姐乙女，比龙马大三岁，今年十二，双手叉腰的气势吓人。

听到屋外的吵闹声，大姐千鹤和嫂子千野飞奔出来，再加上下女阿银和阿里，一家子全是女人。被一堆女人团团围住、担忧，龙马更觉得自己出糗，再次泪眼汪汪。

父亲八平把龙马叫进屋里，坐在父亲身旁的大哥权平责备了他：“你还算得上是武士家的孩子吗？武士啊，一定身心都要坚强才行啊！”

“对不起，大哥。”

龙马的头都快低到胸前了，八平慈祥地开口说：“龙马，你一定要成为比别人更像样的武士，你知道为什么吗？”

“因为我们的本家是商人……”

“没错。我们绝不能让人指指点点，说我们终归是当铺分家[①]的出身，脱不了商人气。坂本家买下乡士头衔，成为武士，到我已是第三代。多年来我兢兢业业地看守藩主大人的墓地，当个称职的庙守。你也是坂本家的武士，绝不能失去这份荣耀！”

“是。”龙马哭丧着脸点点头，八平疲倦地耸起肩大大叹了口气。

江户末期，乡士们的生活艰难，有些会将武士的身份卖

---

① 分家是一个相对于本家的概念，这个词现在没有法律意义，但在江户时代乃至明治时期，它基于封建庄园制，本家拥有领内所有土地的名义所有权，分家曾属于本家，后来经本家族长允许，从本家分裂出去，但分家仍受本家领导，地位低于本家。

给富农或商人，岩崎家就是其中之一。他们家在几代之前，就因为生活贫困卖掉了乡士的资格，因此才成了地下浪人。

龙马出生的坂本家，便是在高知城下经营当铺的才谷屋，从这类乡士手上买下身份，分家之后建立的。正因为如此，八平对武士的荣誉看得比别人更重。

龙马走出父亲八平的房间，在母亲幸的房前停下脚步。幸长期卧病，门窗紧紧关着，看不见屋里的状况，安静的屋里只听得见幸吃力的咳嗽声。想起母亲，龙马又是一阵想哭。

八平和权平不论是刮风、下雨，或者是夏天阳光炽烈让人汗水淋漓的日子，都从不懈怠，天天在山内家的灵庙前站岗。看守山内家历代家墓，是藩里赋予坂本家的任务。

但龙马总是跑到才谷屋躲在当铺角落，有样学样地打起算盘。拨弄珠子的清脆声，好玩得让他停不下来。才谷屋的店主八三郎正在柜台记账，可是他一点儿也不想看到武士家的儿子玩算盘。

“龙马，怎么还在玩哪？快点早早回家，要不然又要被骂了哟。你爹不是叫你别老往本家跑吗？”

这些话他都知道，但龙马还是想在店里多待一会儿，于是悄悄开了后门，走到里面的店铺。店员正拿着客人带来的物品估价。

“应该是六两又两分…… 左右。”

“不能再多算一点吗？”

武士身份的客人不肯死心，虽然看起来相貌堂堂，但眼睛却一直骨碌碌地看着外面，担心被人撞见。

龙马回到家，果然又被八平斥责一顿。

“既然有时间玩算盘，不如努力精进剑术吧。”

龙马走到庭院，啜泣着开始练习挥剑。二十五、二十六……挥到二十七下，手臂已经举不起来，他脸一瘪又快哭出来了。

八平非常烦恼龙马的未来，他觉得龙马在剑术上不会有所长进。

“我看剑术别练了，还是努力求学问吧。我去向老师问候一下，帮你拜托老师。”

龙马跟在八平身后，可怜兮兮地走在路上。突然前面走过来一名武士吸引住了他的视线，这人看起来似乎有些面熟，才刚这么想，龙马就被八平猛拉了一把。八平退到路旁自己低下头恭敬地跪地，还用手把龙马的头硬压低到地上。那个看起来面熟的武士走近，是一名上士。虽然已让到路边，但八平和龙马依然屏住气，那名武士不屑地走了过去。

“那个人，刚才在才谷屋……”

看到龙马还呆呆地目送那人，八平严厉地说：“见到上士，下士要马上让路，你想找死吗？”

在日常生活上，上士和下士也有很多的差别，上士可以穿丝袍，但下士只许穿棉袍，上士允许穿的木屐，下士也不准穿。

八平带着龙马来到大谷茂次郎开设的大谷塾，一群孩童正在朗读汉籍。全都是穿着棉袍的下士子弟。龙马在最后一排就座，生疏地打开汉籍。

“子曰，人之……呃，过也……各于……”

龙马念得比其他孩子都慢一拍，还吞吞吐吐的，大谷的眉头皱成一团。

回家后，龙马想起在私塾比其他人落后的窘态，眼眶又溢出了泪水。这种时候，他总是特别想见母亲，龙马穿过庭院，来到幸的屋前，脸上突然出现了光彩，拉门开着，幸坐在檐廊边。

“娘。”

“龙马，来这儿坐。”

幸微笑着。龙马快步走向檐廊，在庭院里的石头上坐了下来。

“今天身体舒服了些，想吹吹风。”幸说。

龙马比家里任何人都盼望母亲的病能快点好起来，但幸的病情却丝毫不见起色。她目不转睛地望着龙马的脸，看到儿子的脸上露出哀伤的表情。

“你又哭了吗？”

“我……我是个胆小鬼，脑袋又笨，所以老是惹人生气。”

“龙马，你绝不是个没出息的孩子，别着急，有一天一定会成为一个了不起的武士。娘相信你。”

龙马的心里充满了喜悦。

弥太郎每天依旧过着兜售鸟笼的日子。走遍高知城下的弥次郎父子，疲累地坐在街边的屋檐下，这一天他们又是一个也没卖出去。

“好，我再去那边卖，不会再乱发火了。”

望着背起鸟笼走远的弥次郎，弥太郎又从怀里拿出汉籍来。

“势者，因利而制权也。”

忽然眼前一道人影，抬头一看，龙马正一脸惊奇地站在他面前。

“你怎么能读得这么顺呢？我也在学汉文，但怎么学都不明白。”

“这不是那个胆小鬼吗？给我站远点！”

弥太郎狠狠瞪了龙马一眼，看他吓得倒退三步，才又把目光转回书上。

“势者，因利……”

咕噜……弥太郎的肚子唱起空城计。

“快点走开啦！”

“这是我从本家里偷带出来的。”

龙马打开从怀中取出的纸包，拿出了一个包子。弥太郎的目光直直盯着龙马手上的包子。

“肚子饿的话，就吃吧。”

“我又不是乞丐！”

弥太郎凶狠狠地说，龙马吓得退了一步。

“可是，既然我念汉籍给你听了，这就当做谢礼吧。”

弥太郎伸手抢过包子，不小心把包子掉在地上，一眨眼就有只土狗冲过来咬走了那个包子。

“啊！我的包子！快还我，畜生！”

弥太郎心痛地大叫，龙马追着那条狗，想把包子抢回来。

“慢着，那边是上士住的地方，别过去！”

弥太郎急忙阻止，但龙马已转进巷子里了。

“笨蛋家伙！我才不管呢……发生什么事都跟我无关……”

只听到巷子里传来“干什么，你这小鬼！”的怒喝声，龙马被上士拖出来，甩在地上。

“滚出去，你个破下士，我砍了你哦！”

“哇……”

龙马号啕大哭地逃了出来，身上的衣服乱七八糟，还露出了半边肩膀。

“对不起，包子拿不回来了。对不起！”

他向弥太郎道歉，哭着跑回家。

“这小子搞什么！”

弥太郎愕然望着龙马的背影。

“令郎的功课，还是请您自己费心吧。”

被大谷老师拒于门外，让坂本八平非常懊丧。龙马低着头，不敢看父亲的脸。

回到坂本家，八平去看望幸，终于忍不住说出龙马的事。

“这龙马呀，怎么会这么没毅力呢。”

“还不都是你，太宠他了。”

幸笑了。龙马是八平四十岁时才得到的小儿子，虽然嘴上骂得凶，但心里其实很疼他。

“龙马以后一定会有出息的。不过……我能看得到这一天吗？”

“你胡说什么。好好调养，病一定能治好的。”

幸浮起虚弱的笑容。

偶然走过庭院的乙女，听到父母的谈话，母亲的落寞让她难过到无法忍受。她虽然只是个女孩子，却油然生出一股男子气概，一把抓起竹刀，拉着龙马到了院子里。

“嘿！”乙女竹刀一挥，打中龙马的头。

“痛！”一阵几近麻痹的剧痛，蹿过整条背脊，龙马痛得抱住头。

“不准喊痛！站直。我来教你，剑术和学问都由我来教给你。”

乙女用绳子把和服的袖子扎起来，威风凛凛地站在龙马面前。

剑术、书法、游泳……龙马在乙女毫不留情的指导下这样过了三年。然而，就成果来说，龙马的进步少得可怜。

那是个下雨的日子。

“我整天挨姐姐的骂。”龙马埋怨似的叹气说。

龙马和半平太、茂太郎、收二郎、清平、龟弥太、卫吉、以藏，一起走在河边的小路上。这条路窄得只够三个人并肩而行，大家穿的全是粗劣的草鞋，所以走在烂泥路上的两只脚全都弄得脏兮兮的。下士就算是下雨天也被禁止穿木屐，而且只有半平太、茂太郎和收二郎各撑着把破伞，龙马和其他人都淋得像落汤鸡。

“龙马的姐姐好可怕哦。”以藏声援龙马的抱怨。收二郎也没说什么好话：“哪像个女孩子啊。”

“别垂头丧气了，龙马，你以后一定能学会的。”半平太露出笑容安慰龙马。龙马因此开心了一些，腼腆地笑了一笑。

这时，迎面走来几个十五六岁的少年——柏原唯八、大草驹之助、西胁勇太郎，他们都是上士之子，三人穿着体面的服装，手上撑伞，雪白的足袜配上高木屐。

“是上士。”

半平太赶忙收起伞，退到路旁低下头。龙马和其他人也慌张地跟着半平太照做。

唯八这群人似乎不怀好意，冷笑着走近他们，出其不意地夺过半平太的伞，猛力朝他头上敲。

“头再低下去一点！”

龙马一伙人受到屈辱，头低得更深了。

“下士在上士面前，就应该要害怕。”

唯八把伞丢进河里，驹之助和勇太郎也跟着抢过收二郎和茂太郎的伞扔进河里，三人哄然大笑着经过他们身边。

龙马颤抖着等待唯八这群人通过，突然听见身后“呱”的一声，回头一瞥，是一只大蟾蜍。

“哇！”龙马吓了一跳地想躲开，猛然起身却撞上了唯八，唯八晃了一下发出一声惊呼掉进了河里。

“来人啊，来人啊！龙马出事了！”

半平太十万火急的声音传遍了整个坂本家，幸从被窝里爬起身，快步走到玄关，只看到全身湿透的半平太冲了过来。

“龙马，龙马，快没命了！”

龙马被带进了柏原邸，命令他坐在地上。

“对不起。”龙马不断地哭着道歉，雨水打落在他身上，他全身被淋得湿透了。

唯八的父亲柏原纲道从门廊上朝下望着龙马，问："你撞倒了唯八，是吗？"

唯八怒气腾腾，拔出糊满了烂泥的刀。

"你这臭小子玷污了武士的精神。"

"不可饶恕！"

"爹，让我一刀斩了他。"

唯八甩开刀鞘，武士刀高举过头。死定了，龙马死心地闭上了眼睛。

"请等一下！"幸推开柏原家的家臣，拼命冲进柏原邸。她气喘吁吁地双膝一弯，跪在湿滑的地面上。

"求求您，求求您饶恕犬子。"

"身为低贱的下士，竟敢擅闯上士宅邸，究竟想干什么！"纲道大声斥喝。

但幸毫不害怕，她抱住龙马低头拼命求情。

"这孩子还年幼，根本不知道自己犯了多大的罪，触怒了各位上士大人。求求您，求您宽宏大量放了他吧。"

"这小鬼可是把我撞到河里去了！"唯八重新握紧刀。

"这事我回去一定会严加训斥，让他知道他犯了多大的过错。"

"少啰嗦，给我滚开！"唯八再次挥起刀。

"那就连我一起砍了好了，子不教亲之过，这过错由我承担，求您杀了我。"

"不要。你们别杀我娘！"龙马凄厉地哭喊着。

唯八举起刀，龙马更加厉声哭喊，纲道渐渐失去耐性。

"这孩子将来一定能为大人效命的，求您，求您无论如何放过这孩子。”幸弯下身子护住龙马，唯八提起刀就要朝下砍。

“够了！”就在那一瞬间，纲道出声阻止，“为了个无名小卒大动干戈，把屋子搞脏了，连吃饭都没胃口。把他们赶出去！”

幸对着纲道走进屋里的背影，不断低头谢恩。“感激不尽，感激不尽！”

唯八虽然满腔怒火，但没有纲道当靠山，他什么都不敢做。

“可恶！算你这小子走运！”唯八抛下这句话，也转身进屋。

幸紧紧地抱住龙马。“太好了，太好了。只要你能活下来，就算要了我的命也无所谓……真的……真的……”幸突然往旁一歪，昏了过去，大雨毫不留情地打在幸身上。

第二天，雨停了，鸟儿在空中婉转鸣叫着。幸躺在房间里，在温和的阳光下，如同睡着般咽下了最后一口气。那一瞬间八平哀痛地闭上眼，乙女扑倒在幸身上，权平、千鹤、千野都为幸的去世默默饮泣，龙马则是张开嘴号啕痛哭。

踏上永久之旅的幸一脸安详。那一年，龙马十二岁。

嘉永五年（一八五二）秋。

这天是岛村卫吉大喜的日子，岛村家的大厅里聚集了许多祝贺他们的人。担任媒人的是半平太与妻子阿富，伙伴们一群人围着酒宴，气氛一片欢喜祥和。

加尾已经是个亭亭玉立的少女，动作利落地帮忙端菜倒酒，龟弥太、以藏、茂太郎和清平一个个都看呆了，很难想象，眼前的少女就是孩提时代和他们一块在溪边玩耍的那个小丫头。

宾客之一的井上正太郎喝得微醺，走到半平太身边替他倒了一杯酒。只喝茶的半平太立刻伸手按住正太郎手上的酒瓶制止。

“酒就免了。”

“哪有媒人不喝酒的！”

半平太在正太郎的怂恿下，朝周围瞥了一眼，发现大家都很快乐地在吃吃喝喝。

“好吧，那就只喝一杯。”半平太拿起了杯子。

龙马的座位是空着的，加尾四处张望，这人跑哪儿去了？她一路找到了屋外，穿过树影，阳光下有个修长的男子提着一大桶酒正信步走来。龙马没发现加尾正注视着他，优哉游哉地望着树林，阳光照在脸上，也许太舒服了，竟眯起了眼，那端正的五官，让加尾忘了移开视线。

“哦，加尾。”

听到龙马叫自己，加尾的心差点跳了出来。

“龙马哥，你去买酒了吗？怎么麻烦你特地去买呢。”

“这个可重呢。”龙马举起了酒桶，手臂上结实的肌肉纠结成一团，“不要让武市哥喝酒，那家伙不能喝。”

龙马说完又往前走，却突然站住脚，好像突然想起什么似的回头看着加尾。

“那支发簪挺适合你的。”

加尾显得既雀跃又害羞，胸口像晨钟一般砰砰撞个不停。

大厅里的酒宴上满是笑声，气氛愈来愈热烈，龙马坐回自己的位子，酒杯正举到嘴边，眼角却瞥到半平太的眼神似乎有些蒙眬，上气不接下气，还左右摇晃，模样似乎有些奇怪。

“武市兄？”

龙马一叫，半平太便像根木头般瘫倒在地。媒人昏倒啦，席间一阵不小的骚动。

回家的夜路上，和收二郎、清平、龟弥太、以藏一起，背着半平太的龙马走在最后，半平太趴在龙马背上，已经醉成了一摊泥。

个性最重规矩的半平太，一定是因为被人劝酒，担心媒人挡酒与礼不合才喝的吧，就算如此，才一杯就醉成这样，让一伙人全笑了。但突然间，大家的脚步一齐停了下来，前方走来两名年轻上士，正不怀好意地瞪着他们。

“你们这群家伙是下士吧，区区下士打扮得还挺体面的嘛！”上士之一的前原惣兵卫上前找碴。

“我们今天去参加婚礼。”收二郎沉着脸回答。他的口气惹火了前原，双方之间开始紧张起来。

龙马困窘地笑着说：“说是打扮，其实也不过就是棉布，并不是什么奢侈的东西。”

事实上，他们脚上的确也只穿着朴素的草鞋。

“今天就饶了你们，让路吧！”

前原从鼻眼里嗤了一声，众人忍着怒气退到路边，但狭窄的小路上几乎已无路可退，明知如此，另一个上士桥本佐助竟装模作样地说：“路太窄了，过不去呀。”

“这样能过得去了吧？”龙马背着半平太，走到了水田里。

前原得寸进尺地说：“在那儿跪下，给我低头。”

半平太的重量让龙马滑了一下，跪在水田里，袍子沾满了泥巴。看到这个状况，以藏、收二郎等人全气得怒火中烧，但龙马还是听命低着头。

“你们也一样去那儿跪下。”

前原这些人开始起哄。收二郎、清平、龟弥太和以藏强忍着屈辱，在田里跪下，这些人才冷笑着走过去。

龙马才刚松了口气，收二郎、清平、龟弥太、以藏不甘心地发出狂吼，愤恨不已地痛哭出声。这场骚动吵醒了半平太，他睁大眼睛四下望着水田。

“啊呀，你别动！哇啊！”

龙马正准备站起身，却连半平太一起翻了个四脚朝天。

坂本家的餐桌上，热热闹闹的，总是女人们的说话声。除了八平和权平之外，还有八平的继室伊与、权平的妻子千野、乙女、权平和千野的独生女——十二岁的春猪，而今早，还多了已嫁为人妇的龙马的大姐千鹤。

“夫妻一吵架就跑回娘家，这实在是……”龙马漫不经意间多嘴插了话。

“夫妇的事你懂什么啊！”

“你是不懂装懂吧！”

立刻被千鹤、乙女两位姐姐轮流反击。

“小叔不说话的时候，看起来挺聪明的呢。”千野原本是打算赞美龙马的。

但乙女不论何时，总是想到龙马小时候爱哭的模样。“昨天还把一件上好的衣服弄得一身泥回来，哪有什么大人样。”

龙马一看势头不对，只得默默地扒饭。饭后，他走到武市家探望半平太，打算之后去剑术道场。那个被乙女强逼着拿起竹刀、全身青一块紫一块、动不动就哭的龙马，不知何时领悟了剑道，武艺渐渐地高明了起来。

（龙马，你绝不是个没出息的孩子……有一天一定会成为一个了不起的武士。娘相信你。）

或许是为了回报亡母的期望，他咬牙拼命苦练，终于有了点成绩。

龙马到了武市家，才刚招呼一声，就看到阿富急匆匆地冲了出来。

“龙马！快救命哪！快！”

阿富抓起龙马的袖子就往家里猛拽。龙马糊里糊涂地跟着阿富进了屋子，看到半平太穿着睡衣跪坐在棉被上。两膝前摆放着一把短刀。

“武市兄，你要做什么！”

“我要切腹！”

他无法容忍自己在前一天的喜宴上，身为媒人却醉瘫了的丑态。

“切腹？！啊？就为这点小事？”龙马忍不住大笑起来。半平太愤怒地瞪了他一眼。

“有什么好笑！我的行为害岛村家上下蒙羞。”

半平太才正经八百地说完，宿醉让他忍不住头痛得紧抱住头。就在那一瞬间，龙马立刻抢步到半平太身旁夺下短刀。这是他在剑术修行中学会的本事。

“谁会在意这种事啊。”

龙马把短刀交给阿富。矫健的身手让阿富看傻了眼，她接下短刀，急忙拿到屋外。半平太本想追上阿富，但刀割般的疼痛令他再度抱住头。

“武市兄，你还有闲工夫在家切腹啊？大家都在道场里等你呢。”

“我哪有脸去见大家啊？”

“可是，如果没有师父的话……”

“我不要去！”半平太像小孩子一样发起脾气来。

以藏、茂太郎、龟弥太、清平等儿时就在一块儿的玩伴，因为崇拜武市，都在武市道场学习。道场虽小，气氛倒是相当激烈。

“武市兄因为宿醉来不了了，他叫大家今天各自练习。”

龙马一脸笑容地站到道场门口，以藏等人立刻停下练习，怒气冲冲地瞪着龙马。连在上座下方监督练习的收二郎，看到龙马的笑脸也觉得一肚子气。

“龙马，你难道一点儿也不生气吗？”

“干吗那么咬牙切齿的嘛！”

以藏也气得脸色发青。清平、龟弥太吼叫着昨晚气得连觉都睡不着，大家一起指责龙马。

“那种事也不是第一回遇到了。”

龙马的安抚却造成了反效果，大家不是骂他“没骨气”就是“窝囊废”，他一下子成为众人炮火的目标。看龙马一脸困惑的样子，以藏朝他扔了把竹刀。

“武市兄既然来不了，那你来跟我比一局。”

“啊？”

龙马一脸困惑，转头看向收二郎，收二郎不但没阻止以藏，甚至也有想上来较量一番的意思。

“龙马，听说你最近在日根野道场很有进步，是吗？”

“没的事。且慢，且慢。”

以藏血脉贲张，哪里听得进去。

“拔刀。”以藏举起竹刀，龟弥太等人立刻后退，让出一块空地。

“不行！没得到日根野师父的允许，不能跟人……”

比试两个字还没说出口，以藏“杀！”一声，迅雷不及掩耳地朝龙马手上砍了一记。

“哎呀！好痛！”

“嘿——！”

这次竹刀朝龙马的脸袭来，龙马好不容易才把竹刀架开。

“慢点，慢点，我的手都麻了……”

“上了战场，还能这样说理由吗？”

“好，好，我懂了，我懂了。”

龙马调整呼吸，握住竹刀摆开架势，以藏一声呐喊，竹刀对准龙马的脸砍下。

但一转眼，龙马的竹刀击中以藏的手，以藏的竹刀应声落地，在地板上弹了两下。这一切发生得太快，众人连惊叫都来不及，以藏痛得在一旁呻吟。龙马咻咻地空挥了两下竹刀。

“嗯，今天状况还不赖，下一个谁要上？”

“我来。”

茂太郎神色紧张地往前跨了一步，龙马泰然自若地摆开架势，镇定地凝视茂太郎。茂太郎一刀挥来，龙马立刻以刀击中他的左侧腹，漂亮取胜，两人的力道有明显的差距。之后他单手击面解决了龟弥太，还刺飞了清平，让他撞上墙，龙马喘了口大气。

“有这种本事，为什么还要受那些上士的气？”以藏问。龙马苦笑。

“你母亲不就是被上士害死的吗？！”

收二郎一说，龙马收起了笑容，仿佛又听见了六年前那天的雨声。

(您杀了我吧。)

龙马似乎听见了母亲的声音，内心动摇不已。

“娘……”龙马低声呼唤母亲，脑海里浮现出唯八高举长刀的样子。幸扑倒在地，大雨打在她的身上，年幼的龙马趴在幸的身上哭泣。

只有龙马听得到的雨声愈来愈激烈，他拼命压抑心中澎湃的情绪。

“我娘……她是病死的。”龙马微弱地笑着说。

弥太郎听见冈本宁浦点他的名字，立刻在房门口正襟危坐，朗声说：“学生岩崎弥太郎。老师，您叫我吗？”

正在写信的宁浦停下笔，抬头看着弥太郎。弥太郎的老师宁浦是土佐地位崇高的儒学士，弥太郎跟着宁浦学习已经有四年。他自幼时就胆识过人，十九岁时的弥太郎更是目中无人。

“你做学问的功夫很优秀，而且读书认真，领悟得也快。”

“老师过奖了。”

弥太郎看起来虽然谦虚，但其实心里颇为自负，他觉得自己被赞美是天经地义的事。

“从今天开始，你来当这间私塾的塾长吧！”

被宁浦这么一说，弥太郎突然有了个想法。宁浦受山内家倚重颇深，因而能在城里讲学，向宁浦求教的学生日渐增多，入门的上士也不在少数，声名远播，连别藩都有耳闻。

既然自己获得这么高的赞许，弥太郎也不打算客套，因此直言不讳地说："能继承先生衣钵的，唯有我岩崎弥太郎。"

"是谁说要让你继承的！我只是说让你当塾长啊！"

"可是，老师没有子嗣，换句话说，总有一天要交棒给我吧。"

"这……或许吧。"

听到宁浦半带勉强地承认，弥太郎郑重其事地磕头谢恩。

弥太郎会提起继承衣钵一事，并非毫无根由，事实上宁浦和弥太郎本就有些亲戚关系。

从私塾回家的路上，弥太郎乐得全身轻飘飘的。

"我要继承私塾了……我这穷小子要继承私塾了！太好了！"

经过茶店时，一个坐在外廊和老板谈笑的少女身影顿时跃入眼帘，那是加尾。弥太郎向老板点了杯热茶，装着若无其事的样子坐在加尾身边。

"您是岩崎先生吗？"加尾一出声招呼，弥太郎刻意一脸讶异地回过头来，"我是平井收二郎的妹妹，加尾。前几天承蒙岩崎先生的帮忙了。"

那天加尾走到半路，草鞋鞋带断了，正巧经过的弥太郎觉得这鞋带断得真是时候。听到加尾向他道谢，弥太郎更是乐不可支。不过，他还是极力收起合不拢的嘴，一本正经地端起送来的茶杯。老板照他的吩咐送来了热茶，他一拿起杯子手指立刻痛得就像被火烫伤一样。不过，在加尾面前，举止可不能粗鲁。他缓缓地把茶杯放回桌上，才忍不住叫出声。

“哇！好烫！没事，没事，这么烫才叫喝茶嘛。”

“我听哥哥说过，岩崎先生是冈本宁浦老师的学生吧。听说您是数一数二的秀才。”

“说得没错。不瞒你说，我就要继承老师的衣钵了。”

“真的呀！”

“土佐分成上士和下士，下士当中也分成两种人，一种是我岩崎弥太郎，另一种是其他人。我对学问的钻研，在下士中可算是佼佼者。”加尾瞪大了眼睛。“再有……再有就是早早娶房妻子，让二老安心……”

加尾根本没听见弥太郎的话。

“真想让龙马哥也听听这些话呀。他成天就只知道练剑，对学问一点儿也不用心。”

“你是说坂本家的龙马？”

“他说将来靠教人剑术，可以过活就行了，可是看他那吊儿郎当的样子，以后怎么可能开道场嘛。”

“为什么加尾小姐这么担心龙马？”

“我哪里担心了？那种人想干什么，才不关我的事呢！”

加尾骤然站起转身走开，那态度比什么话语都能反映加尾的心情，弥太郎的心在流泪。

以前每当幸觉得身体还好的时候，她总会坐在面对庭院的檐廊上。因此，龙马经常坐在院子的石头上，望着檐廊思念母亲。

“你又想起娘啦？”

听到说话的声音，龙马回过神来，看见乙女站在身旁。

“龙马，你可千万别让娘失望，只有剑术精进还不够，还得成为一个堂堂正正的人，要是能成为武市哥那样的男人就好了。”

“我怎么比得上他嘛。”

敬仰半平太人格的年轻人很多。

“龙马，你每天到底在想些什么啊？”

“想好多事啊，比如说，这边是眼头，这边是眼尾。为什么眼屎会从眼头出来呢？屎不是都从尾部出来的吗？叫这个眼屎不是很奇怪吗？”

龙马指着自己的眼头，一脸困惑。

“你这小鬼，胡说八道些什么！”

“我没胡说。这是刚才脑袋一转想到的问题，我还想好多其他的事呢……”

“想个鬼！你只是装成一副深思熟虑的模样，其实脑袋里什么都没有。龙马，你不是小孩子了，不能总是想和母亲撒娇。”

乙女看起来又要大发脾气了，龙马几乎招架不住，刚好有人来找乙女，乙女走了之后，龙马把目光再次转向檐廊。

那个雨天幸瘫倒在地的情景，又再次浮现在眼前。虽然龙马跟谁也没说过，但那不曾变淡的悲伤和愤怒，一直在胸中翻搅。

来访乙女的客人是半平太，他顺路把前些天乙女借给阿富的和服送还给她。乙女心里怦怦跳，不知该说些什么好。

“武市大哥，请你也说说龙马。那小子真是靠不住，刚才还在说些眼屎之类的废话。”

“眼屎？”

“为什么眼屎是从眼头出来，不是从眼尾出来之类的。”

“啊？哈哈！那么，我该告辞了。”半平太笑着离开了。

“哎呀，真是丢脸丢到家了。”乙女羞得真想钻进地里去。

第二天，井上正太郎的死讯传到了武市道场。仅仅因为小事，一个喝醉的上士山本忠兵卫就把他给杀了。死讯传来时，收二郎、以藏、龟弥太、清平、茂太郎、卫吉都在一起。

“斩了山本！”以藏抓起刀就要出发，龟弥太和清平跟在后面。

“不行！”半平太拼命阻止三人，“若是这样，别说是你们，连你们的亲兄弟都会被处死。山本会受到惩罚的，就算是下士也是藩主大人的家丁啊。无缘无故就被斩杀，就算是上士也不被允许啊。”

龙马在日根野道场里与对手激烈对打，同门师兄弟都被逼到墙边了，他还是没有停手。

“住手！龙马，够了！”

师父日根野弁治制止他，龙马满身大汗，气喘吁吁。

“看你用剑这么凶狠还是第一次。够了，今天你回去吧。”

用剑有多凶狠？龙马自己不太清楚。离开了日根野道场，龙马朝着正太郎家而去。正太郎的妻子到寺里去了，留下一对年幼的男孩和女孩，坐在家门前的石板上，他们是正太郎的遗孤。

龙马蹲到孩子们的面前，露出笑容。

“你们的父亲遇到这种事，真是遗憾。以前我跟井上兄切磋过相扑，一下子就被他狠狠地丢了出去，他真是厉害啊。”

孩子们瘪起嘴，就快哭了出来。

“交给你母亲。”龙马从怀里取出一个小布包，交到男孩手上。

“我小时候也经历过丧亲之痛，跟你们一样。”龙马说着，感慨至极，忍不住抱住两人。

“就算再痛苦，也不能认输。你们两兄妹要好好照顾彼此，坚强地活下去。懂吗？”龙马的眼眶中不知不觉溢出了泪水，孩子们跟着也泪如雨下。

龙马跨出正太郎家，便看到弥太郎站在门口冷冷地盯着他瞧，可能来了好一会儿吧，他晃了一下手上的鱼干，说是宁浦要他过来慰问。

“不过，还真没看过有人把钱连着布包一起送人。明明是个下士，出手还真阔气啊！龙马，你真要可怜那对兄妹，就帮他们报仇啊。以你的剑术，什么人都不是对手吧？”

弥太郎说话带刺。

“不过，你大概做不到吧。就算剑术再好，也派不上用场啊。龙马，没有人的脑子比我更好，我以后一定比谁都有出息，在这世上比谁都能呼风唤雨的，只有我岩崎弥太郎。”

一瞬间，龙马觉得弥太郎有股说不出来的敌意。

“为什么要对我说这些？”

弥太郎停下迈开的脚步回过头。“因为……我最讨厌的人就是你！”弥太郎开心地大笑起来。

几天后，受到有话想说的半平太邀请，龙马来到了酒馆。

“山本忠兵卫被判无罪，井上等于枉死了呀。再这样下去，一定会出乱子的。下士们积压多年的怨气，再也压不住了。别说其他人，我也是一样啊。”

这不像是思虑周密的半平太说的话。

“绝对不可引起暴乱啊。”

这个回答根本看不出龙马的本意，于是半平太探问：“你只想平平安安地过太平日子，对吧？我真搞不懂，你坂本龙马到底是什么样的人！”

龙马沉默不答，反倒注意到房间一角的那个位子。半平太随着龙马的视线，看见已经醉得茫茫然的弥太郎，周围还倒了几个空酒壶。

“冈本老师病倒了，老师本来很器重那家伙，私塾却让个上士继承，他就没了位子了。”

龙马听到半平太这么说，便起身坐到弥太郎面前。

“一个人喝酒，只会愁上加愁，我来听你诉苦吧。”

龙马想帮弥太郎倒酒，弥太郎却从龙马手上夺过酒壶扔向墙壁，酒壶锵的一声裂成了碎片，弥太郎眼中燃着一把火。

“从小我就拼死拼活地往上爬，跟你这种跳进溪里就哭哭啼啼的富家公子不一样！老师……冈本老师是我唯一的……唯一的曙光啊！”弥太郎从怀里掏出铜钱丢到地上，冲出了店门。

弥太郎步伐瘫软蹒跚，摇摇晃晃地走在河边。

“那种浑蛋懂个屁！那种浑蛋！”

走着走着弥太郎和人肩膀相撞，跌到地上，眼前出现了一双穿木屐的脚。

"看哪里走路啊！撞到了上士，想这样就算了吗？"

含着怒气的声音从头上传来，弥太郎抬头看看这双木屐的主人，缩成了一团。

龙马和半平太还在酒馆里喝酒，有客人进来说："有人被上士逮住了。"两人立刻冲出店外，在河边的小路上，弥太郎被上士踢得四脚朝天。

半平太抓住龙马的衣袖，紧张地说："那就是杀了井上的山本忠兵卫。"

一听见这话，龙马甩开半平太的手向前跑去。在河边，忠兵卫强逼着弥太郎道歉，弥太郎就是不肯低头，嘴上还不停地虚张声势。

"又不是只有我撞你，你也撞了我呀。只有我道歉我不服！"

"你这个低贱的下士！"忠兵卫正要拔刀，龙马的手先一步按住了他。

"请您别这样。"龙马右手拉住忠兵卫的腰带，左手紧按住忠兵卫的右手虎口。忠兵卫动弹不得，只能转身抬头才看得到高个子的龙马。

"干、干什么？你是谁？"

"我替他向您道歉，请您饶了他吧。"

忠兵卫想甩开龙马拔刀，但龙马的臂力太强，他一点儿也动不了。

"求求您，山本大人。求求您。"

"好，你放手！"

"真的？您不杀他了？"

"不杀！"

“谢谢大人。”

龙马放开手，忠兵卫被握住的右手一阵酸麻，脸皱了起来。

“是这家伙撞了我。”

“真是抱歉，他喝醉了，一下子脚踩不稳。真是抱歉。”龙马跪在地上道歉。

“你这是干什么？”弥太郎从刚才起一直讶异地望着龙马，不知道他为什么要跑来。

龙马依然跪着向忠兵卫求情。

“这家伙遇到了点不顺心的事，忍不住借酒浇愁。求您大人大量，饶了他这次吧。”

弥太郎看得呆住了，忠兵卫却嗤嗤冷笑。

“哦，下士帮下士啊？不过想代替他，心里可得有觉悟。”

忠兵卫脱下脚上的木屐，拿起来就往龙马头上砸，还得意地笑了起来。

“好痛！下士也是人啊。”龙马说。

火大的忠兵卫，拿着木屐一次又一次朝龙马的头上砸去。

龙马忍着剧痛，一面头上滴着血，一面直直地瞪着忠兵卫。

“和上士一样都是人。”

“住嘴！”

忠兵卫朝他胸口踢去，龙马立刻往后翻倒。

“你们这些下士像猪狗一样低贱，要恨就去恨生你们的父母吧！”

忠兵卫丢下话，穿上木屐走了。弥太郎再也忍不住，站起身就想追，但龙马的手从后面抓住了他的衣带。

“已经没事了，已经没事了呀。”

“是谁拜托你向他道歉的！那浑蛋就算杀了我也无所谓，反正我已经……”

“笨蛋！”

龙马把弥太郎压倒，不小心用力过猛，两人一起滚到了河堤边。半平太从河堤上往下望，龙马和弥太郎都痛得在地上呻吟，不过看起来都没受伤。

听到这一阵骚动，乙女也跑了过来，在河堤上，把一切都看在眼里。伤痕累累的龙马坐在弥太郎身上，抓住他的胸口。

“你要为这种无意义的事丢掉性命吗？！你的脑袋不是很聪明吗？你不是要过上比谁都好的日子吗？”

“下士……下士，到死都得被上士踩在脚下……这种事就算活几辈子都不会改变吧！”

弥太郎一向骄傲的脸上有湿湿的东西在发光。看到他的泪，龙马从弥太郎身上爬了起来。

“弥太郎啊，我认识一个人，让上士把举起的刀放了下去，就是我的母亲。我把上士的儿子撞进河里，就快要被人斩首……”

龙马的目光转向河面，那个雨天的情景，他一天也忘不了。

（那就连我一起砍了好了，子不教亲之过，这过错由我承担，求您杀了我。）

（够了！）

纲道往屋里走去，唯八也消失在屋檐下，幸紧紧抱住龙马。

“是我母亲打动了上士。”

这些话他从来没对半平太和乙女说过，弥太郎惊讶得连话都说不出来，半平太和乙女心中同样交杂着冲击和感动。

“在土佐，下士永远都受上士欺凌，大家都说这个藩国永远不会改变。但我不这么想，我母亲就改变了上士，所以，有一天，说不定土佐也会改变。”

“你是说有一天下士能打倒上士吗？”

“不……是根本就没有什么上士下士了。”

弥太郎轻蔑地笑了。“到那种时候,这个世界会是怎样啊？”

“我也不知道,每天每天都一直在想,可是,还是想不出来。但我知道，靠打架是不行的。跟上士拼命，什么都改变不了。我母亲就不是这么做的。”

“但你母亲最后不等于是被上士杀了吗？为什么你不恨上士？”

“我母亲……告诉我……”

龙马的眼光飘远,他又听见了那天的雨声。倒在地上的幸，在意识渐渐远去时，用尽最后的力气说：“龙马！你……是为了成就什么才来到这个世上的,当个坚强……宽容的武士……仇恨……没有任何好处……”

龙马凝视着河面，在月光的反射下，水面粼粼生光。

“仇恨没有任何好处。”龙马望着远方喃喃低语。

在坂本家，伊与、千野、乙女在一起缝补衣服。三个女人挤在一起，就会聊个不停，不过，乙女却没加入闲聊，缝针的手也停住了。

“为什么呢？为什么眼屎是从眼头出来呢？”乙女怔怔地思索着。

在武市家，半平太信写了一半，也停下手。

“眼屎出来的地方，为什么是眼头呢？”半平太搁下了笔，就这么空想起来。

弥太郎背着鸟笼回到家。

“什么土佐会改变，那家伙在说什么梦话啊！”弥太郎站在篱笆前自言自语，水田那儿却传来弥次郎的声音。

“老子岩崎弥次郎，我可是武士哦！跟你们这些死老百姓身份不同哪！”弥次郎对着三个农夫，亮出腰刀虚张声势。

龙马站在浪花拍岸的礁石上，远眺大海。

“大海真辽阔啊。”随着话声，乙女走近他身边。

“跟大海一比，土佐真是渺小啊。你想知道的答案，可能在这里找不到啊。”

“是吗？……土佐太小了吗？”

“很小，太小了。”

龙马望向远方的天际线，凝视着整片汪洋大海。

龙马当时还不知道，在这片大海彼端，一艘航行在大西洋的船上的某个人，将会带给日本多大的震撼、给龙马造成多大的影响，那个人的名字叫做：培里。

——是的，龙马还什么都不知道。他自己不久之后就会飞身投入幕末的动乱，在日本各地奔走，航行出海，召集伙伴成立海援队。他当然也不知道，即将为日本重生打下基础的，就是自己。

弥太郎坐在岩崎家的接待室里，回想着那段刻骨铭心的记忆。

“但是，那家伙，变成坂本龙马还是很后来的事。变成一个土佐甚至全日本都难以掌控的人，也还是后话。”

《土阳新闻》的记者坂崎几乎连大气都不敢喘，听着弥太郎说下去。

第二章　大器晚成？

——盛夏一过，这片南国便将迎接暴风雨季节的到来。土佐的秋天虽然秋高气爽，可惜好景不长。嘉永五年的秋天，坂本家的长子权平为了帮助父亲八平，开始担负家长的职务。

因为权平叫唤，龙马神情紧张地走进屋里。父亲八平也坐在一旁，看来似乎有重要的话要说。不过，在此之前，龙马有更重要的事想禀告。

“父亲、兄长，我自出生至今，还未曾离开过土佐。我想去外面见见世面，就算只有一次也行，求父亲和兄长让我到江户去。”

龙马在父兄面前，两手交叠低头请托。

乙女仿佛龙马的监护人一般，在一旁掌控全局，开始支持龙马。

“想见世面，当然还是江户最好。江户可以见识到形形色色的事物，对龙马一定有帮助。”

“拜托您。”

八平对着低头恳求的龙马问：“见世面是为什么？”

“为什么？……我想知道自己是为了什么生到这世上。”

龙马说自己是为了寻找人生的目的才想去江户。

“龙马，你再多考虑考虑自己。连土佐都弄不明白，还去见什么世面！”八平训诫着龙马，还要权平告诉龙马叫他进来的原因。

“龙马，你明天起到久万川去。”

“什么？！”

“是主上的差遣，要我们去修那边的堤防。”

权平话还没说完，八平已将令书放到龙马面前。令书是藩府的命令书，上面还附了地图。

“你必须在二十天内，调遣高濑村和猪俣村的百姓，把堤防修好。总之，就是去当监工，想见世面，劳动是最有用的做法。”

话一说完八平便走出屋子，权平也立刻跟在后面离开。

“父亲是不是想一辈子把你拴在土佐呀！”乙女不服气地说。

但龙马拿着那纸令书，有不同的想法。

“可是，父亲生气是有道理的。我成天游手好闲，突然来求他让我去江户……”

“什么话！你的剑术不是已经学得颇有成果了吗？但他还把你当成小孩子看。要是一般人，早就发脾气地说‘我不服气’，或是‘为什么父亲不了解我的心情’之类的。”

“也许是这样没错……”

“龙马，姐觉得，你也许有些超越常人的不凡之处。”

乙女并不只是因为疼爱龙马才这么说的。

（在土佐，下士永远都受上士欺凌，大家都说这个藩国永远不会改变。但我不这么想……是根本就没有什么上士下士了。）

前几天，听到了龙马在堤防下对弥太郎说的话，乙女对龙马的观感改变了。她开始认为，龙马其实有他独特的个性，她想帮助龙马发展他的天赋。

“好好学，说不定将来你会成大器。”

“谢谢。”

“谢什么！真拿你没办法。是你自己说想去江户的，到底下定决心了没有呀！”

真是皇帝不急，急死太监，乙女忍不住捏了一把龙马的脸。

虽然他有想上江户的雄心，但现在摆在眼前的，却是久万川的治水工程。龙马到武市道场来找半平太想告诉他此事，在道场里练剑的收二郎、清平、以藏、龟弥太、卫吉、茂太郎听说之后，全大笑了起来。

“大家别笑了，龙马已经够沮丧的了。”

半平太虽然极力安慰，但以藏这些伙伴全都把练习丢在一旁，拼命揶揄龙马。

“我以前从没见过龙马读书呢。”

连龟弥太、茂太郎都笑他“字可丑呢”、“连写法都搞不清楚”，收二郎更是话中带刺：“这种人去江户要干什么啊！”

龙马被朋友们这样贬损，更加泄气了。

“还是文武兼备的武市，才应该去江户呀。”

收二郎转而鼓励半平太去江户。半平太到江户进修，是武市道场所有弟子的期望，但他本人却只是笑，一点儿也没有起程的打算。

“在土佐也有很多东西可学啊。”

“这就是武市兄伟大的地方呀。”

龙马直率地表示佩服。

傍晚半平太回到家，立刻到祖母阿智的房间问候。阿智躺在棉被上，妻子阿富正在帮她揉脚。

“奶奶，今天脚又疼了吗？”问候过后，半平太便替换阿富，开始帮祖母按摩。

半平太早年父母双亡，阿智便如同父母般的照顾他，他实在无法抛下身心都已衰弱的祖母，自己到江户去。

第二天，半平太对阿富说：“父母过世后，奶奶就像我的父母一样，不孝顺父母的人，不算武士。”

武市努力尽武士的本分，却有一丝落寞。

弥太郎再次回到四处兜售鸟笼的生活。但不管是从前还是现在，鸟笼一直都乏人问津。

卖得太烦了，正打算在路边找块空地坐下休息，忽然一个悦耳的声音叫他：“弥太郎先生。”抬头一看，正是去学完插花打算回家的加尾。

“弥太郎先生，江户真有那么好吗？先生也想去江户吗？”加尾让人意外地突然问。

“当然好啊。江户有伟大的汉学老师安积艮斋……话说回来，谁要去江户？是收二郎吗？”

“不，不是哥哥。”

“……是龙马吗？”

“不过，又说不去了。就当我没说吧，反正是和弥太郎先生无关的事。我先走了，再见。”

龙马二字一出口，加尾便回去了。

"龙马要去江户？……"弥太郎莫名其妙地焦躁起来。

龙马穿着气派的短和服站在久万川堤防工地，一群负责施工的农民聚集在他眼前。

"我是负责这次工程的坂本龙马。今后得仰赖各位之力修筑堤坝,还请多多费心。"龙马的致意,农民们面无表情地接受,但也有人充耳不闻。

开工了。龙马手拿着地图指指点点地下达指示，但农民们似乎早已习惯这类工程，自顾自地进行作业，龙马只能坐在竹椅上旁观。

"真无趣啊……"

咔沙一声，脚边传来细细的声音，低头一看，是个竹叶小包。跟着,他又听到沙沙的声音,龙马顺着声音的来向看去,一名衣着褴褛的少女回头瞥了一眼，便一溜烟地跑掉了。龙马打开竹叶包裹，里面放了两个粟米饭团。

"这是怎么回事……"龙马抬头寻找背影已快消失的少女,就在她快离开工地的瞬间，原本踌躇的龙马，决定追在少女身后。

"那家伙要去哪儿啊？"一个叫源三的男人低声唠叨，其他农民也停下手边的工作，望着急奔而去的龙马。

"他还真悠闲啊！"留吉不屑地朝地上吐了口口水。

龙马追着少女，来到一户农家的篱笆前。从外头往里张望，简陋的房子里走出一个女人，看起来像是少女的母亲。少女跟在母亲身边，母女俩见到龙马大吃一惊，立刻跪到地上。尽管龙马一直要她们"抬起头来"，但母女俩还是惶恐地低着头。

龙马取出竹叶小包。“这是什么？刚才那个小女孩放下的。”

“请大人原谅，我们只能做到这样了。”母亲趴在地上回答。

“抬起头来看着我。”龙马用强硬的口气命令，母女俩诚惶诚恐地抬起头。

“无功不受禄，告诉我这是怎么回事。”龙马露出与刚才截然不同的笑脸。

龙马再回到久万川的工地时，源三和留吉二人正互相瞪视着僵持不下。源三是高濑村民，留吉是猪俣村的，两个村的农民全都抛下工作，围在两人身边，气氛剑拔弩张，像是一触即发，龙马赶紧跑到农民那里。

“请等一等，出了什么事？”

完全无视想帮两边调停的龙马，农民们开始互相扭打，几乎变成两村打群架的状态。想将双方分开的龙马受到波及，吃了好几记老拳。

高濑村与猪俣村每年都为了抢灌溉水争斗不休，双方一向水火不容，这次却偏偏要他们两村合作来修筑久万川的堤坝工程。

弥太郎抖开包袱巾，放上所有的书，最上面一本是已经读得破破烂烂的汉籍。

“这么重要的书，你全都要卖了吗？”

听到母亲美和的声音，弥太郎不由得升起一把无名火。

“再这样下去，连咱们家的水田也得卖了。鸟笼根本卖不了几个钱，那个死老头要是继续打架、赌博，我一辈子都翻不了身！同样是下士，却有养尊处优什么苦也不用吃，就想着要到江户去的臭小子！”

凭着一肚子火，他把宝贝的汉籍一股脑塞进包袱巾里，弥太郎迫切的不甘心，清清楚楚地表达了出来。美和从架子的抽屉里取出一个瓮，放在弥太郎面前。

“不管怎样日子总还过得下去。”

弥太郎打开瓮一看，里面堆满了三分之二的铜钱。“这钱……这钱是哪来的？”

“去江户的话大概还不够吧？”

“……这是要给我的？”

“你的长处就是做学问，怎么能把书给卖了。”

“……母亲！”弥太郎坑坑疤疤的脸，绽开了感激的笑容。

另一方面，也有意想不到的事情发生在加尾身上。

“提亲？”加尾睁大了眼看着父亲传八，传八正因这门好亲事沉浸在喜悦当中。

“对方是唐木甲右卫门大人的长子甲之介大人，听说他对你可是一见钟情。”

“慢着，父亲，我现在还不想嫁人。拜托您，请帮我回绝这门亲事吧。”

坐在一旁的收二郎，心里不禁有所怀疑。“你……莫非心里有中意的人？”

加尾吓了一跳。不过，收二郎怀疑的人是半平太。加尾松了口气，差点不打自招。

“我没有中意的人。”

“既然如此，就没有理由拒绝这门亲事。”

收二郎决定和唐木家进一步商谈，传八也开心地频频点头。

那一天夜里，待在久万川堤坝工地的龙马，为了排解农民的纷争，抱头苦思。

八平当然了解龙马的烦恼，他向伊与抱怨："不过是筑个堤就大呼小叫，真是没出息。就这么点能耐也好意思说想去江户？"

"人家说老来得子是心肝宝贝，还真是没错。只要一提到龙马，你马上就认真了起来。"

"我是希望龙马能成为一个刚毅不拔的男子汉。不能因为是老二就一直放纵他，不然以后可怎么办。"

"龙马也是这样想，所以才说想去江户见见世面呀。别再老把龙马当成小孩子看了。"

八平的心事被伊与戳破，一时说不出话来。

龙马一直想不出好办法，在草席上躺成了个大字，呆望着屋顶，指尖不经意触到了春猪忘在房里的风车。他拿起风车，吹了口气，风车呼噜噜地转了起来。电光火石之间，混沌的思绪中闪过一丝光线。

——此时的龙马，全副心思都放在修堤的问题上，完全不知加尾发生了大事，去江户的计划也完全抛到了脑后。当然，他也无法想象，后来打开他眼界的那个人，正快速穿越印度洋，虎视眈眈地朝着日本而来。那个人是美国海军上校马修·卡布雷斯·培里。事实上，江户幕府早在几个月前就接获荷兰的情报，知道培里要来的消息。

江户幕府实行锁国政策已有两百多年，在这期间，欧美各国的科学、工业开始觉醒，并且快速发展。尤其西欧各国更是挟着工业发展的余威，意图扩大势力，频频入侵亚洲。不久前，便屡屡看见美、英、法、俄等国的船只，在日本近海出没。

然而，该如何应对日渐逼近的外国威胁，幕府依旧莫衷一是。

培里驶向日本的嘉永五年，时任德川幕府老中[①]首座的是伊势守[②]阿部正弘。他年纪轻轻便成为幕阁之首，堪称是青年才俊。

阿部在江户城召集所有老中，朗读荷兰送来的报告："培里率领的舰队，包含旗舰'萨斯凯哈纳号'、'密西西比号'、'萨拉多加号'、'朴利茅斯号'等九艘。其中，'萨斯凯哈纳号'和'密西西比号'，是使用蒸汽、无风也能快速前进的大军船。培里还带了美利坚总统写给日本大君的国书，可望年内抵达，若迟则在明年初……"

阿部从书简中抬起头。"这事非同小可。"

当时的老中阵容，有力主应驱除外国船只的攘夷派下总国关宿藩主久世广周，主张开国派的信浓上田藩主松平忠优、三河西尾藩主松平乘全，与主张非战派的越后长冈藩主牧野忠雅等人。

---

① 老中是德川幕府的职名，在大老（德川幕府临时的最高职务，负责统括政务、参与重要政策的确定，定额是一名）未设置时，是幕府的最高官职，为常设职位，定员四至五名，采取月番制轮番管理不同事务，原则上在二万五千石领地以上的谱代大名（即世袭大名）之中选任。

② 阿部正弘曾任伊势守，即伊势地区的地方官，大致相当于中国的省长。

久世认为此事荒诞至极，就算只是为了幕府的威信，也不能听从培里的要求。“除荷兰之外，不与任何西洋国交易，这是幕府奉行两百多年的一贯原则。”

但阿部对久世的看法采取保守态度。“可是培里率兵前来，就是打算不惜一战，也要日本开放贸易啊。”

牧野看到西洋各国比日本优越许多的武器，充满了危机感。松平忠优则提醒说，十年前的鸦片战争，英吉利将清国打得一败涂地，当时给日本带来相当大的冲击。

“难道各位认为日本成为美利坚的附属国，也无所谓吗？”久世语气激烈地反问，众人只得沉默。

“总而言之……总而言之，这件事要严格保密，绝对不能对外透露。”

阿部的苦恼愈来愈深。

——这时幕府内应该也有一些优秀人才，但我想，真正了解局势是多么危急的人并不太多。

高知城下闹区的茶店里，八平坐着喝茶休息，他从小看到大的半平太正巧带着剑术道具走进来，八平不知不觉便对他抱怨起被农民们搞得团团转的龙马。

“龙马如果像你这么有出息就好了，就算剑术再高明，也是难有前途。”

“伯父不如找一天去看看他如何？龙马，或许并不像伯父所想的那样。”

半平太说的是什么意思呢？八平头靠过去看着他。

“爹！”乙女气喘喘地跑来，她一路从家里把八平忘记的东西带来，自然脸色不会太好。

“这么重要的伴手礼竟然忘在家里，最近也太容易忘东忘西了吧……”说到一半才发现半平太就在一旁，但抱怨的话几乎都已经说完了，乙女觉得好丢脸。

“乙女小姐总是这么有精神。”半平太笑着走了。

茶店的一旁，弥太郎紧抱着好不容易得到的书，悄悄地听着八平和半平太谈话。

半平太刚走出茶店，弥太郎立刻从阴影处现身说：“真不愧是有为的青年哪。我以为武市一定会生龙马的气，居然大剌剌地说要去江户！你不是该说‘别开玩笑了，把我放到哪里去了’的吗？”

“你似乎很乐于让人讨厌哪！”半平太怜悯地浮起微笑，跟着便转身走了。

弥太郎还不满足，对半平太离去的背影喊着：“我只是讨厌自命清高！”

半平太没有回头，但脸上的笑容却消失了。

在久万川堤坝边，农民们无聊地喝着酒。

龙马想让农民们喝点酒鼓舞一下士气，于是一大早便推着小车，载着酒来到久万川，连下酒的墨鱼干也准备了。他想，如果休息时能一起热热闹闹地喝点酒，或许能化解两个村的积怨吧。

“各位，再开心点嘛，怎么每个人都像是在守夜似的。”龙马刻意用愉快的声调鼓舞大家。

“这么烂的酒，能开心才怪呢！”

"烂的是你们这堆人吧！"

源三和留吉又开始互骂，两村农民立刻激动起来。所有人都站起身，一副随时要开战的模样。

"不要打！拜托你们，偶尔把不愉快的事抛在一旁行不行呢！"

龙马拼命安抚，结果源三攻击的矛头转向了龙马。

"你们这些武士根本不了解老百姓。"

"我虽然是个武士，但也只是个下士。和你们一样，是奉上面的命令来修堤的。"

农民们怏怏地默不吭声。

"对了，大家一起唱个歌，提振一下士气吧？"

龙马从推车上拿出三味线，铮铮地弹起轻快的乐曲，开始唱起歌来。农民们有的不屑，有的惊讶，但都只在一旁看着这个奇怪的武士。

八平从农道向筑堤的工地走去，心里想象的净是龙马指挥若定的模样，但到久万川的堤边一看，却看到龙马正弹着三味线在唱歌。

"那家伙在搞什么名堂！"八平惊慌地向前跑去。

龙马拉高嗓门唱歌，想让气氛更平和一点。

"别唱了，你这家伙真是不知天高地厚。"

"你懂什么啊！"

源三和留吉一前一后地说。

对什么也不懂的龙马，源三冷冷地说："下士跟百姓哪里会一样？"

"这我知道。"

"瞧不起我们，是不是！"

“我绝不是这么想。”

“我们才瞧不起你呢！”

龙马还没听懂源三的意思，留吉又插嘴说：“治理土佐国的是那些上士，种地产米的是我们百姓，你们这些下士，什么都不是！说来说去，留着你们这些下士们究竟要干什么？！”

“我们田里都还有事要做，还要来帮忙筑堤，你就光坐在那里吆喝来吆喝去的，谁看了不气？！”

“土佐最没用的就是下士和狗屎，没用的冒牌武士！”

源三和留吉不停辱骂龙马。

但龙马一点也不生气，反而静静地把三味线放在一旁。

“没错……我们每天吃的米都是你们种的……的确，我们可能都是狗屎。但是各位，请大家听我说。我很了解高濑村和猪俣村之间的仇恨，我也很清楚你们讨厌我们乡士。但是，不要忘了，这项工程你们一定要完成哪。”

龙马拼命大声呼叫着，但农民们还是各自跟着源三和留吉，开始离去。

对着农民们的背影，龙马声嘶力竭地喊：“这条久万川几乎每年都会泛滥，每次都让许多人受苦受难。那边的住家只剩下女人和小孩了，男人们都在洪水里丧命了啊！活下来的母亲和女儿，都把我们当成菩萨看待。”

他说起前几天送来粟米饭团的那对母女，农民们停下脚步。

“打心底感谢你们这些为了防洪修堤的人，我们承担的任务很重大啊，修这座堤事关人命啊！如果你们心里有气，可以拿我出气，就算打我也行。可是，大家不要再争执下去，一起合力修完这座堤吧，拜托各位了。”

龙马跪下来两手扶地，朝百姓们低头。看到向他们下跪的龙马，农民们都是一愣，一时间工地里只听得见淙淙的河水声。突然，源三出声说："回去了！"

农民们逐渐散去。

"请等一等！求求你们，别走啊，求求你们。"龙马的请求打动不了农民的心。

在一旁的八平一句话也没说，只默默凝视着眼前这个第一次看到的儿子身影。

接着，他不动声色地转身离去，到了日根野道场拜访弁治师父。

"师父，依您的眼光看，龙马他是个什么样的人？作为一个父亲，向外人问这种事实在惭愧，但或许正是因为就在他的身边，反而认识不清。"八平说。

"原来如此。"日根野深思，"要说龙马是个什么样的人，他的剑术已颇有造诣，龙马是很强。不过，虽然很强……"

"虽然很强，但是……"

"火候不够。虽然火候不够，但胸怀很大；胸怀虽然大……但却让人看不懂。"

"看不懂？"

"他究竟是个什么样的人，我只知道，我教过那么多弟子，却从没见过像龙马这样的人。"

八平愈听愈糊涂。

弥太郎很想专心求学，连一刻都不浪费。但当他正埋首书中时，大门嘎吱一声开了，弥次郎回家了。他一屁股坐在台阶上脱下草鞋，“呼”地吐出一股酒臭。

“不是去参加村里的集会吗？”弥太郎尖声地问，弥次郎的背脊倏地发凉。

“集会上有酒可喝。”

他一溜烟躲进里屋，弥太郎心中突然有一股不祥的预感，立刻搬出抽屉里的瓮查看。里面空空如也。

弥太郎冲进里屋，扑到父亲跟前。

“你把钱拿去赌了，对吧！你不会全输光了吧！”

“下次我一定会赢，等我赢了一定会让你们享福！”

“哪里还有钱让你下次再赌！”

“对不起，弥太郎！哪有像我这样的父亲，活着还有什么用。”

弥太郎瘫坐在地，就算父亲再说什么，不见了的钱也回不来了。

从第二天开始，弥太郎又背着鸟笼出去叫卖，就算只有几文钱，也不能不出去赚。

“为什么只有我得吃这种苦啊……这世上就没有神佛菩萨了吗？”弥太郎唉声叹气地往前走，不知不觉来到了久万川的河畔，河的对岸，一群农民正在修筑堤防。龙马的身影夹杂在众多农民之间。龙马正在工地比对图面和工程进展的状况，看样子可能赶不上进度了。

“有没有人？！这里需要四个人来帮忙整一整地！”尽管龙马大声呼叫，却没有人回头看他一眼，正好到了午饭时间，大家全都各自休息去了。

“这可有趣了！”弥太郎抱着看热闹的心情，看着龙马不知所措的模样。正打算坐下来好好欣赏，却看到加尾捧着一个包袱，远远地来到筑堤工地。

加尾面无笑容地走到龙马身边。“听乙女姐说，你在这边工作。”

龙马和加尾一起在土堤边坐下，摊开包袱巾打开了便当，里面满满的都是各种好吃的菜肴。

“看起来真好吃啊，那我就不客气喽。”

加尾听了明明很开心，但却假装毫不在意，淡淡地把筷子递给龙马。

弥太郎不知不觉从对岸悄悄靠近，躲在草丛中偷窥龙马和加尾。

“为什么……为什么偏偏让我看到这一幕。可恶……真是太可恶了！”弥太郎嫉妒到快要发狂，看下去也只会更加痛苦，他沮丧地掉头离去。

“好吃！太好吃了，加尾。”龙马边吃边连声赞美，虽然知道是夸张，但还是让加尾的心雀跃不已，虽然表面上仍静静的看不出来。

“龙马哥……你认识唐木大人吗？唐木甲之介大人。”

“知道啊。他怎么了？”

“……他来提亲了。”

“……跟你吗？”

“你说，我是不是该答应。”

龙马停下筷子。“那就答应吧。甲之介兄一表人才，加尾嫁给他吧。你的手艺这么好，到时一定是个好媳妇。哎呀，真是恭喜恭喜。收二郎一定也很高兴吧？”

加尾突然夺下龙马手中的筷子。“对啊，对！我真是太幸福了。”

加尾草草收起便当盒，眼眶浮现出泪水。“亏我……亏我这么喜欢龙马哥，从小就一直、一直喜欢你！”泪水顺着两颊滑落，龙马还来不及拦阻，加尾就已快步离去。

或许是因为加尾泪如雨下，连天空看起来都显得阴沉沉的。

龙马怔怔地目送加尾远去时，源三和留吉靠了过来。

“好像快下雨了，今天就先停工吧。”

“我们也都撤了吧。”

这种时候这两个人倒是很有默契，源三和留吉并肩离去。

龙马像失了神般，一直凝视着加尾身影消失的那条路，跟着空虚地抬头望着天空。

（你这家伙真是不知天高地厚。）

（你懂什么啊！）

源三和留吉的话，横切过龙马空荡荡的胸口。

（从小就一直、一直喜欢你！）

眼前尽是加尾哭泣的脸庞。仰头凝望的天空尽是灰云。

“我不明白别人的感受。根本什么都……不明白……”

豆大的雨点开始一颗一颗地滴落了下来。

滴落的雨随着时间愈来愈强，渐渐成了倾盆大雨。龙马全身湿透，但仍然不停地将泥土装进麻袋，扛起沙包运到堤坝上堆起来。他脱掉全身湿透的袍子，打着赤膊继续搬运沙包，龙马的脸上再也分不清是雨、是汗，还是泥。

不知道做了多久，直到脚再也举不起来，龙马和沙包一起滑落到地上，摔成了四脚朝天。雨水还在持续灌入他的眼中。

那天也是下着这么大的雨。

（龙马！你……是为了成就什么才来到这个世上的。）

“我到底能干什么啊？”

（仇恨……没有任何好处……）

“我什么都做不成……啊啊啊！”

喷涌而出的泪水，被雨水冲刷而去，望着天空降下的雨滴的龙马，眼前突然冒出几张男人的脸，其中一个是源三。

“你这武士还真奇怪！”

留吉也来了。

“在这任务结束前我们绝不打架。不过，这可不是为了你。”源三再一次强调。

“你说了，这个任务关系到人命。”

十六天后，在藩里下达的期限到达那天，堤坝顺利修筑完成，完满地达成使命。

那天夜里，龙马在武市家的练习场里闭目打坐。龙马四周竖了三束稻草束。龙马倏地睁开双眼，拔刀斩向前方草束，再回刀斩向右后方的稻草，跟着刀紧贴着腰转向，斩向左后方的稻草。

“好明快的剑法呀。”半平太由衷佩服。久万川堤坝工程的成功，全归功于龙马在整合两村农民上的努力。

“我想起你说过的那句话。”

（但我知道，靠打架是不行的。跟上士拼命，什么都改变不了。）

龙马在筑堤这事上，实践了他自己说过的话。半平太承认他所说的确有道理，脸上浮起若有若无的笑意。

“我的想法跟你不同。世上的事可不像修堤，有时还是不能不争斗。”

步出武市道场，急忙赶回家的龙马，途中在一家酒铺外遇上喝醉了的八平。曾有酒豪之称的父亲，或许因为年纪渐长，酒量也变差了。他说起一直忘不了的亡妻幸。

龙马突然有一种难以形容的冲动。“母亲曾经告诉我，说我是为了成就什么才来到这个世上的。”

走在前面的八平停下脚步，回头注视龙马。

“父亲！让我去江户吧。这次的工作让我深切体会到，我一直都是靠着别人的帮助活着。我不能一直这样，我想靠自己活下去。我想走出土佐，看看这个广阔的世界。我想去寻找自己能成就的事，如果现在不去，可能一辈子都找不到了。拜托您，父亲。”龙马索性坐在地上，把想法一口气说了出来。

“想看看广阔的世界啊？……只是这种含糊的理由，没必要到江户去。”八平也盘坐在龙马面前，从怀里取出一沓折了数折的纸，“你要是想去江户，就得找个能说服我的理由。”

龙马接过八平递过来的纸，上面所写的文字令龙马惊讶得说不出话来。“这……”

外封上写着“江户京桥桶町　千叶定吉殿”，这是日根野师父写给北辰一刀流[①]千叶道场的介绍信。千叶道场，有志于剑术者几乎无人不知，就连土佐也都久闻其名。

“你擅长的只有剑术，你要是去江户磨炼剑术我就同意。

① 江户时代末期著名的剑术流派，北辰一刀流的道场是江户三大道场之一，除了坂本龙马，幕末还有很多名人剑士出自北辰一刀流。

你受得了千叶道场的严厉训练吗？”

“我一定受得了！我一定不会辜负父亲大人的期望。”

“去吧，龙马。离开土佐，到江户去。”

“父亲大人……谢谢您……谢谢您！”

父与子两人互相对望，脸上尽是说不出的感慨。

第三章　伪证件之旅

“御预乡士坂本权平之弟龙马　为修行剑术前往江户，具附请愿书，准允离境。”

取得土佐藩发行的通行证，龙马终于正式获准以剑术修炼为目的前往江户。时间是一年三个月，修行地点为北辰一刀流千叶道场，乙女知道后高兴得不得了。

许可下达那天，坂本家恰巧有客人来访。他也是下士，名字是沟渊广之丞。他大可以大大方方地从正门进来，却拿着作为伴手礼的山药，站在厨房的泥地上。权平出来相迎，亲切的脸上立刻露出豪爽的笑容。

权平与广之丞相识已久，他把广之丞介绍给龙马。“这位先生已经往来江户无数次。这次去江户，我请他带着你一起去。”

“是这样吗？那真是多谢了。在下名叫龙马。”

“龙马兄，前往江户的路途十分遥远，就算每天赶路，也得花上三十天才能到达。趁着今天多吃点山药，补充补充精力吧。哈哈哈哈。”广之丞开朗地笑着。看来这趟江户行，应该会是个愉快的旅程。

对土佐的年轻人来说，江户简直就是另一个世界，而龙马却要在那个江户度过一年以上的时间。以藏等人不禁开始担心龙马是不是能活着回来。听到收二郎和龟弥太等儿时玩伴的忧虑，龙马也觉得有些胆怯。

不过，半平太倒是为他打气："在江户学习一年，一定会让你一辈子受用无穷。你会一天一天成为更成熟的人，荣归故里的。"

藩士离开属国必须要有藩国的许可，为此，下士需要有力上士的担保。而把江户行视为首要之务的弥太郎，因此来到从未谋面的上士高柳重光的屋前。

"请您让我到江户去。"

"你是什么人？"

"在下岩崎弥太郎，是最聪明的下士。与其让那种愣小子去江户，还不如让我去派得上用场。求求大人，请高柳大人助我一臂之力。"

对弥太郎这种厚颜的行为，高柳还来不及生气，就已拂袖而去。

加尾也独自来到寺里参拜，为龙马平安归来祈福。"请保佑龙马哥从江户平安回来。"

正打算回去时，遇到了刚好走上寺前石阶的龙马。

"加尾……亲事谈得如何？"

"……好像谈得很顺利。"

龙马若有所思地望着加尾。"加尾，我喜欢你。不过，我不知道，自己是把你当成妹妹，还是当成女人来喜欢。而且，现在我还想多了解这个世界，了解自己到底是为了什么来到这个世上，所以想去江户寻找答案。"

加尾心里明白，龙马是想尽力表达自己的心情。

“甲之介大人是个好人，他会好好对待你的。”

“我刚才合掌祈求，是向神明感谢赐了我一段这么好的姻缘。”

加尾怀着饯别的心情，决意让龙马毫无牵挂地出发，为了怕出门时流泪对旅人不利，硬是挤出了笑脸离去。

目送着加尾，龙马像想斩断自己的迷惑似的喃喃自语：“这样也好。”

八平写下了三条名为“修行中心得大意”的戒律，要龙马作为修炼时的准则：

一、片刻不忘忠孝，事事以修炼为先。

“龙马，你是得到藩主大人的许可，才能前往江户，千万不可忘记这点，要专心修炼。”

二、不可玩物丧志，浪费钱财。

“一个人在外闯荡，会更了解金钱来之不易，绝不可浪费。想成为一个出色的人，就应时刻以天下大事为念。”

三、不得纵情声色，忘记国家大事，误行不正之道。

“不管江户的女子有多美，也不可为她们神魂颠倒。”

八平一一阐示戒律，龙马则凝神倾听。

权平一一朗声恭读八平手书的内容。“这三条应谨记在心，用心修炼，专心致志以期荣归故里。这是父亲大人的手谕，应贴身保存，日日反复诵读。”

“谢谢父亲大人。”龙马郑重领受了八平的手谕，心中充满感激，泪水几乎要夺眶而出。

嘉永六年（一八五三）三月十七日，龙马在八平、伊与、权平、乙女和千野等人的目送中，离开了坂本家。

龙马与广之丞快步走在水田旁的道路上。途中，龙马停下脚步回过头来，已经看不见土佐了。龙马再度迈开步伐，追上走在前面的广之丞。

远处的树荫下出现了加尾的身影。加尾低头深深地行了一礼，代替了所有的祝福。

“加尾……”龙马也低头行礼，望着加尾的目光几乎不舍得转开。

“龙马！你在发什么呆啊！”广之丞已走到远处，回头叫道。

——龙马当然一点也不知道，他不知道自己有多么幸运。这时也不只龙马一人朝着江户前进。

培里上校乘坐的“萨斯凯哈纳号”，已停靠在中国广东省南边的澳门。他听说其他西洋各国也以日本为目标，于是一路急忙赶往江户。

龙马和广之丞沿着山道前进。经过立川、马立和多度津的番所[①]再出海，经海路渡过濑户内海到达大阪，再朝京都前进。

“真是令人热血沸腾。”龙马精神抖擞。他停下脚步，似乎感觉到什么，视线投向杂树林。

“是谁！”他大声呼喝。草丛中一阵窸窣，一个戴着破斗笠的男子拨开草露出头来。

---

① 江户时代设置于交通要道上，作为戒备、看守的设施，设有番人驻守。

“是我。”

“弥太郎！”

“我也跟你们一起去江户。藩里对我的才能惊为天人，立刻赐我通行证。我要去江户，拜天下第一的安积艮斋先生为师。”

弥太郎从怀里取出通行证给他们看。安积艮斋是在江户治学有成的儒学家，龙马非常欢迎弥太郎成为旅途的同伴。

“真的吗？弥太郎，真是太好了！好，我们一块走吧。”

广之丞皱起了眉，他看不惯这个衣衫褴褛、举止怪异的家伙。而且八平把龙马交托给他，他必须好好照顾龙马。

“慢着，龙马，我不太喜欢这个粗鲁的家伙。”

“你是什么人？我跟这家伙可是从小就认识哦。龙马，你也说句话呀，‘弥太郎的份我帮他出’之类的，藩同意我去，但没给我钱哪。拜托了，龙马。”

弥太郎泰然自若、面不改色地说完这些赖皮话之后，便自顾自往前走了。

广之丞斜眼看着这个从一出现就怪招百出的弥太郎，龙马却认真打算帮他出盘缠。“有什么关系嘛。他才一个人，我们省着点用，应该过得去吧。”

龙马的善良让广之丞大为吃惊。

弥太郎没有对家人说一声，便不告而别。想起家里的母亲和妹妹早纪，心中隐隐作痛，但他已不能再回头。不知不觉间已来到了立川的番所，这里是土佐的边境。

到番所以后，必须将通行证交给驻守的官吏检查才能通过。广之丞和龙马都顺利过关，接下来轮到弥太郎了。

“小的是仓田安兵卫。”弥太郎神情自若地说。

龙马与广之丞两人则是吓得瞠目结舌，视线立刻转向检查通行证的官吏。

“允许通过。”

弥太郎胸有成竹地走过官吏面前，与龙马、广之丞会合。

“易如反掌。”弥太郎得意洋洋地笑说。

走到官吏看不见的地方后，龙马抢过弥太郎手上那张仓田安兵卫的假证明，仔细地看了一遍。

“跟真的一模一样……”

证明上连官印都没少。广之丞站在龙马身边，目不转睛地看着那张假证明。

“你真大胆，居然敢伪造官印！万一被发现的话怎么办啊？这可是要砍头的呀。”

弥太郎满不在乎地伸伸懒腰。“不会发现的，没有人能识破它是假货。”

龙马有些恐惧，接下来还有番所。到江户之前，他们还得接受好几个番所的检查。“为什么要做这种事……”

“为什么？比你身份更低贱的地下浪人，在土佐还能有什么出路？难道不就是只能被上士踩在地上、苟延残喘地过活？而且，有那种每天只会赌钱打架的父亲，只要那个老废物还在，我这一生就得埋在土佐啦。”

弥太郎如吐血般的痛苦，大大地压倒了龙马和广之丞，正当他们这么想时，弥太郎扑通一声双膝跪地，磕起头来。“拜托你，龙马！带我一起走，我想去江户求学。”

“不行不行。龙马，别跟这家伙扯上关系。”广之丞提醒龙马，不可感情用事。

龙马也明白事情的严重性。“我不能答应你，弥太郎。如果官府识破你用假通行证，一旦追究起责任，会连累沟渊先生的。我们不能带你走。沟渊先生，我们走。”

龙马催着广之丞上路，拿起行李便迈出步子。

“赶快回去吧。”广之丞好心相劝，随即便追着龙马走了。

“我不回去，我怎么可能眼睁睁让你自己去江户。”弥太郎露出凶神恶煞般的表情，从后头追去。

“哎呀，他跟来了！”广之丞回头看到叫了起来。龙马立刻跑了起来，广之丞也慌慌张张地跟上脚步。

“这个浑蛋！”弥太郎跺了下脚，也跟着跑了起来。

“弥太郎，你死心吧！”龙马加快了速度。

“谁会死心啊！”弥太郎不服输地跟着快跑，他追过广之丞，拼尽全力跑着。

“别把我丢在后面啊！”广之丞哀求说。

“我赢了！大获全胜！快来看！”弥次郎粗鲁地推开家门，从怀里拿出鼓鼓的一个包袱，里面不断发出清脆的铜钱声。

“弥太郎！这些全是你想要的书。快来呀，弥太郎。”尽管他大声呼喊，儿子却没有回应，美和与早纪则仿佛虚脱般呆坐着。

“他不见了。书和刀都不在了，弥太郎跑了。”美和啜泣起来。

在武市道场里，这天弟子们同样铆足了劲在练习。

“喝！中。”以藏漂亮地击中卫吉面部，卫吉蹒跚两步往墙撞去。

“你又进步了，以藏。你有剑术的天分，若再继续精进，说不定……能胜过龙马。”半平太对以藏的进步大加赞扬。

道场的练习结束，只有半平太独自一人时，他就像变了个人，眼神阴暗地望着天空。江户，只是个难以企及的遥远梦想。

道场中，收二郎、以藏和龟弥太等弟子正在收拾用具，准备回家，以藏的脸上依然因为获得褒奖挂着喜悦的笑容。

“武市兄真是了不起啊，只有他，把我当成真正的武士。”

“以藏是打从心眼里崇拜武市啊。”

虽然收二郎故意取笑以藏，但道场里的弟子每个人都很敬重半平太。

门嘎吱一声开了，弥次郎眼带血丝地站在门口。“有没有人看到弥太郎？那小子不见了。”

酒馆和几个有可能的地方他都找遍了，但四处都没有儿子的人影。收二郎等人都知道弥次郎素行不良，清平也对他不以为然。

“看这样子，那小子从家里逃出去了吧。”

“不许这样说！”

言语的争执进而变成了扭打。虽然对方人多，弥次郎还硬是揍了对方好几拳。

房间的拉门在落日下映成了暗红色，加尾坐在针线用具前陷入沉思，直到听见收二郎从武市道场回来的声音，才回过神来。

“等下要到唐木邸去一趟。既然同意亲事，就得去问候一下。”

“请等等。哥哥，我……我还是……唐木大人的亲事，请帮我回绝吧。”

“加尾！”

“拜托了，哥哥。”加尾的表情展现出绝不让步的强烈意志。

太阳下山后，宿场郊外山路旁的便宜旅店灯火通明。一家店打开了门，龙马走了出来，他朝附近草丛一看，弥太郎盘腿坐在地上，似乎想开了，不再纠缠他们。

“你打算在那里露宿吗？”

“没钱还能怎样。”

他不仅无床可睡，连晚饭都没有着落。看他这样，龙马实在没法子不管。

泡在澡盆里的弥太郎，不知不觉舒服得哼起歌来。但哼着哼着，安逸的心情突然被打断了，他想起母亲存在瓮里的铜钱，那份喜悦转瞬间就被弥次郎丢进了赌场中。

（哪有像我这样的父亲，活着还有什么用。）

弥太郎回到现实，苦涩地洗了把脸。

从澡房出来回到房间，一群人围着玩花牌①，不时大声喧闹，大家似乎都喝醉了。其中一人刚从厕所里走出来。

“咦？你不是岩崎的儿子？”

“你认错人了。”弥太郎转身想走，那男人一把抓住他的衣袖。

“把你老爹欠的钱还来！”男人强拉住弥太郎的手，不由

① 共有四十八张牌，每张上画着四季的各种花草，每四张决定分数和价值。

分说地把他拖到前面去。见到他押了个人，那些玩花牌的男人全都跟着靠了过来。

“你搞错了，我叫仓田安兵卫。”弥太郎拼命要别人相信他的假名，但他是和弥次郎一起卖鸟笼的弥太郎，他的脸大家早就都知道了。再这么下去，他恐怕会被打死。

听到旅店老板娘通知，龙马赶紧冲出店门。弥太郎已被几个男人打得鼻青脸肿。

“你们停一停，大家是不是认错人了？这家伙叫仓田安兵卫。”龙马插进那群人中，想把弥太郎带出去，“回去吧，安兵卫。小心别受寒了。”

那些人哪里肯听？其中一个人抓住龙马的胸口。“别演那种蹩脚戏了，他老爹可是欠了我三两银子！”

恶狠狠的男人被龙马扣住关节，痛得大声惨叫。这是一种柔道里的招数。

另一个男人拔出刀。“可恶！”他大喊一声朝龙马砍去，却硬生生停住，原来龙马已用白刃顶着他的喉头，动作快如闪电。

“我一个人，就能把你们所有人撂倒。”

这些男人知道自己不是龙马的对手，全都逃之夭夭。

“我还以为你只是个游手好闲的富公子哥儿呢。”广之丞瞪大了眼睛说。

但总算是赶上了，龙马放下心来，说：“刚才真危险啊，弥太郎。”

“那个混账老爹……他还要害我到何时……”弥太郎脱口而出的，全是对弥次郎的恨意。

回到房里，广之丞温和地劝告弥太郎：“弥太郎，好好反省一下吧。如果龙马没出手帮你，你可就要完蛋啦。”

“少啰嗦，那些臭小子我一个人就能应付。”

弥太郎一把抓起棉被蒙住头睡了。广之丞既烦又气，恨不得要龙马打他几拳出出气。

龙马背对着广之丞两人，目光直盯着一张纸。“我真不是人，我太对不起父亲了。”龙马手上拿着的是八平交给他的手谕。

“修行中心得大意。”广之丞在一旁读出这几个字，弥太郎也翻过身来，偷偷瞧着那张手谕。

龙马深切地反省。“为了这点小事就拔刀相向，我太不成熟了。”

“所谓望子成龙，这是父亲对儿子的期盼呀。”广之丞胸口一热。

夜更深了，龙马和广之丞都已睡得鼻息连连，弥太郎轻手轻脚地起床，在龙马的行李中摸索。他找出装护符的袋子，里面有一张龙马小心保存的纸。弥太郎拿出纸来，放在月光下。

月光映照出八平亲手写的三条戒律。

修行中心得大意

片刻不忘忠孝，事事以修炼为先；不可玩物丧志，浪费钱财；不得纵情声色，忘记国家大事，误行不正之道。

最后一行写着“丑三月吉日　老父　给龙马”。

弥太郎感动莫名。

他本以为已经熟睡的龙马，却突然翻身而起。“我的父亲，是一个严格的人。但是，他是打心里为我着想，这张手谕是我的宝物。我想你的父亲一定也是一样。”

“……不懂的事少多嘴。”

如果伪造通行证的事被揭穿，弥太郎恐怕死罪难逃。弥太郎为了去江户，让自己身陷险境，无非是不想落在龙马之后。

“确实和你所说的一样，我是在比较好的环境中长大。但是，我也是下了一番决心才离开土佐。我们都一样，不知道前面的道路会怎样啊。”

“我们都一样？龙马，你饿过肚子没有？”

弥太郎像要把压抑已久的怒火挖出来一样，低声说着饥饿是如何折磨人心，那种痛苦让人痛恨自己为何存活在世上。

“你家在下士当中算是相当富裕的，本家就是当铺才谷屋，不愁吃穿，只要全心练习剑术就行了。但我就不一样了，我家跟一般百姓一样，又要种地，又要卖鸟笼，这样才能过活，为了能找路子往上爬，我拼命读书，学问就是我的曙光。

“但是，不管我怎么努力，也没人肯帮我一把。趴在地上磕头求情，也没有人愿意帮我去江户！可是你却……你却！我已经抛弃了一切，一切！别把我跟你相比！”

弥太郎倒回被卧，用棉被盖住头，胸口紧得就快哭出来了。

龙马再次为自己随意出口安慰人而羞愧，又一次，他体会到自己的浅薄。

第二天早晨离开旅店，龙马和广之丞只管在翠林围绕的山道上赶路，弥太郎走在两人身后，瞪着龙马的背影，死皮赖脸地跟着。

“是大海啊……”龙马停下脚步，望着眼前的濑户内海。但是，龙马只被大海吸引了片刻，他发现山道下有一栋建筑。那是多度津的番所。

“一起走吧，弥太郎。我完全了解你的决心了，我会帮你的。”

广之丞的脸色大变。“龙马，如果通行证被发现是伪造的，你和我都逃不掉啊。”

“对不起，沟渊兄。我不能丢下弥太郎不管。”

“你啊，真是个大傻瓜。”

在多度津的官舍内，龙马、弥太郎和广之丞并肩正坐。检查官远山一一确认三人的通行证。

“沟渊广之丞是去江户修习学问吗？”

“是。”

“嗯……坂本龙马是修习剑术。雄心壮志值得嘉奖。”

“谢谢大人。”

“接下来是……仓田安兵卫，也是修习学问吧？”

远山看着弥太郎的通行证，一向信心十足的弥太郎开始紧张起来。远山抬头望着弥太郎。

“去江户哪间私塾学习啊？”

“安积艮斋先生的见山塾。”

“哦，那是位了不起的学者，你要用心学习。”

远山允许这三人通过。三人起身时，远山却突然要他们稍候。他重新拿起弥太郎的通行证，发行人栏上有“安艺郡

郡奉行　长谷川胜之丞”的文字与官印。

“比对印鉴。”

远山打开记有家号和官印的印鉴簿，将长谷川胜之丞的笔迹与印鉴和弥太郎通行证上的比对。

“仓田安兵卫留下，到另一间房再检查。”

龙马尽可能表现得平静。“请问有什么差错吗？之前在立川的番所我们都顺利通过了。”

“可能是运笔风格有所不同，我再斟酌一下。”

“可是我们急着赶今天的船。”

“你们两人可以先走。”

“可我们三人是一起旅行的。”龙马坚持不退让。

弥太郎拼命在脑中想了一圈，突然，他大叫出声：“不是的！这些人和我没有关系。昨晚才在旅店认识的，是我拉他们赌钱才认识的。不过我输了他六两银子，这个人想抢我的钱，才死缠着我不放。”弥太郎站起来，朝不知所措的龙马大喊：“烦死了！快从我眼前消失！”

“喂！”龙马拉住弥太郎的衣摆。

“放手！”弥太郎甩开龙马，靠过去想揍他。

“放肆！你们以为这是什么地方！”远山叱喝，番卒急忙上前。

弥太郎被番卒从后方架住，嘴里仍然叫嚷着：“我不去江户了！快让我回土佐吧。我再也不要见到你们，快给我走！”

弥太郎被番卒拖走时双眼还直瞪着龙马。龙马还想站起，袖子却被广之丞死命拉住。“不行！你帮不了他的。”

载着龙马和广之丞的船，离开了多度津港。

“弥太郎会怎么样呢？”望着一望无垠的大海，龙马问。

“先是调查身份……”广之丞迟疑着该不该往下说，“那家伙不想连累我们，他把自己的志向托付给你了。”

“可是弥太郎他……弥太郎已经……”龙马胸口堵得好难过，几乎都快承受不住了。广之丞的心情也难以排解，转头看向港口，海岸边山崖上站着一个人。

“……龙马。”

龙马抑郁地顺着广之丞的视线瞧去，一个满脸肮脏全身破烂不堪的男子，肩膀起伏地大口喘气，目不转睛地瞪着龙马的船。

“弥太郎！”

“那家伙逃出来了，他逃出来了。”广之丞兴奋地大叫。

弥太郎从崖顶上大喊：“我不是听你的话才改变想法的，龙马。我是自己决定回去的。”

弥太郎的声音传不到龙马的船上。

广之丞眼中涌出了泪水。“那小子是特意来向我们道别的。”

“你果然是条好汉啊，弥太郎！”龙马扯开嗓门用力大喊。

弥太郎就像对方真听得到一样，大声响应：“你们自己滚去江户吧！浑蛋！最好不明不白死在路边！”

龙马听不见，但他仿佛感觉到弥太郎想传达的心情。“我懂！我明白！我会带着你的大志到江户去！带到江户去！”

“浑球！我恨死你们了！”

“保重啊，弥太郎！保重！”龙马朝着山崖大大地挥手。

“可恶！”弥太郎转过身闪进草丛里去。

广之丞开心地大笑，满心激动。“那小子，怎么杀都杀不死啊。”

弥太郎从崖顶消失后，龙马转身凝视前方。“渡过这片大海，到江户就是一片平野了。”

新的可能性在等着龙马。

第四章　江户的罗刹美人

龙马和广之丞到达江户后，先到筑地[①] 的土佐藩邸放下行李。几个人在狭窄的房间里一同起居，看起来相当勉强。

“先到千叶道场拜会吧。”龙马站起身来。

——嘉永六年四月，坂本龙马与沟渊广之丞终于到达江户，距离他们从土佐出发正好三十天。千叶道场是名门北辰一刀流的千叶周作所开设，北辰一刀流与镜新明智流、神道无念流合称江户三大流派。

江户是个热闹的城市。语调威风凛凛的江户语在空中四处飘荡，还夹杂着各地藩国的方言。日本各地的商人和工匠也都聚集到了江户。

龙马走在活力十足的江户街上，终于在京桥桶町发现了千叶道场的招牌。

“这里聚集着来自全国各地的一流剑客……”龙马心里这

① 筑地意为填海所造的土地，通常填海造地的地方都取这个名字。江户筑地是江户时代，浅草的本愿寺被火烧毁后，为了转移本愿寺而建造的土地。之后，寺院或墓地等一个接着一个地建立，这些寺院周边渐渐成为小镇，其他地区则为武士的住宅区。

么想。

看向大道场里，却是一群小孩和女性呼声娇嫩地练习空挥。龙马大失所望，一个看起来像是师父的男子，正面带微笑地指导着。男子发现了龙马，笑容可掬地走了过来。

“有兴趣加入吗？”

“在下坂本龙马，是从土佐来的。”

“哦哦，坂本君，久候大驾。在下千叶重太郎，这里的长男，请进。”

纵横天下的千叶道场传人，竟然是这个满面春风、指导初学者的重太郎吗？龙马满腹狐疑。

“最近来拜师的女人、小孩和商人愈来愈多了。大家为了锻炼身体想挥挥竹刀。没有战争的太平之世持续了两百五十年，在江户，剑术已成了人民的一大娱乐。”重太郎一面说明，一面领着龙马穿过一道道的长廊。在这个时代，经营道场并不容易。听了重太郎的话，龙马不假思索地脱口说：“在道场里架一具大鼓，如何？”

配合大鼓的节拍练剑比较有乐趣，或许这有趣的做法还能提高千叶道场的风评。

“真是太惊讶了，想不到能有武士有这样的想法。”

龙马也很惊讶，他以为道场里应该有许多武技高超的剑客，在这里练习拼斗。

重太郎带着龙马来到一个比刚才略小的道场。门一拉开，瞬时便感受到一股强烈肃杀的气氛。数十名剑士正在练习，但那股压力并不是来自练习这么简单的事。

坐在上座的应该就是这间道场的主人，千叶定吉，他是北辰一刀流的创始者千叶周作之弟。重太郎在定吉耳边悄悄说了几句话，定吉沉稳地点点头。

接着，重太郎将龙马叫到跟前。龙马战战兢兢地来到定吉面前，从怀中取出介绍信呈在定吉面前，低头，两手扶地。

“在下土佐藩士坂本龙马。承蒙家乡的小栗流日根野弁治师父推荐，今日前来拜候。请大师收我为弟子。”

定吉将介绍信看了一遍。“看来你的剑术造诣颇深。”

“不敢当。”

众弟子停止了练习，气喘喘地打量着龙马。

“那么，就让我们见识一下你的刀法吧。”

定吉的目光在弟子间逡巡，最后决定龙马身后的一人。

“是。”对方的声音轻细。

“女人？！”

龙马惊讶地回头一看，还只是一个年轻少女。少女架势十足，毫无怯色地与龙马对峙。

重太郎担任评判。

“开始！”

龙马与少女立时各据一方，各自摆好架势。龙马站成“撞木足”，双脚一前一后，左脚横向，剑尖稳稳向前，静止不动。少女则呈鹡鸰式[①]，两脚轻巧地前后跨步，剑尖不规则地摆动。

少女对准龙马的面部长驱直入，龙马身躯后仰，好不容易才用剑尖格开。少女用敏捷的动作不断朝他发动攻击。

龙马落入单纯防守的状态，护手中剑，跟着身体中剑，最后面部中剑。

---

① 北辰一刀流的基本招式，即将剑如鹡鸰般上下摆动。

“到此为止！”

少女若无其事般回到位置上正坐，众弟子似乎习以为常，平静以对，只有龙马颓丧地跌坐在地。

“再一次！请您让我再比一次。”

“今天你才刚到，就先这样吧。”

重太郎虽然一再告诫，但龙马还是不服气。弟子们脸上浮出有趣的笑容，让龙马更加生气。

“坂本君，佐那是我的女儿。”

听到定吉这么说，龙马再次望了望对手。少女取下面具搁在一边，眼睛直视前方。

千叶佐那，十六岁，比龙马年幼。

“不只是你，这里没有人是佐那的对手。”

定吉直接指出弟子们的实力不足，弟子们受到责备，脸上立刻没了笑意。

回到土佐藩邸，龙马立刻把这天的比试告诉广之丞。“没想到那个年纪比我还小的女孩，居然这么强……”

“佐那小姐很有名呢，人称千叶的罗刹美人。”

“罗刹美人？”

“外表温柔美丽，但一握起剑便成了个罗刹女。”

“……这话一点也没错。北辰一刀流真是厉害。”才第一天，龙马便见识到北辰一刀流的深奥。

“我来教你们剑术吧。”

半平太找了黑田吉藏、野上清吉、田山胜太郎等好几个年轻人，进到武市道场。这一天，他又遇到在路上叫卖鸟笼的弥太郎。弥太郎从多度津的番所脱逃回来后，继续过着看不见未来的日子。

“你也到我的道场来吧,我教你《近思录》或《日本外史》。”

“《日本外史》？那种东西我早就背得滚瓜烂熟了。”弥太郎指着自己的头对半平太说。

“哦？你学得还真多呀。不过，武士得文武双全，你疏于剑术太久了。来我门下修炼，也许不用再过卖鸟笼的日子了。”

“你的道场这么多弟子，说来说去还不是因为你去过江户？等龙马回来开了道场，你就比不上他了，难怪你要趁现在广收弟子啊。”

弥太郎口气憎恨地说。他的心思歪曲,半平太也只好苦笑。但因为半平太并未否认，弥太郎竟自顾自点头冷笑说：“哦？武市半平太居然也会嫉妒啊，这可真有趣。”

这话带给半平太出乎意料的打击。

弥太郎回到家，弥次郎正按着肩膀呻吟。虽然他确实好久没握铁锹了，但根本也没劳动到肩膀会酸的地步。就在没有收入、快要走投无路的时候，弥太郎突然灵光一闪。“我也开私塾吧，让世人知道我岩崎弥太郎的存在。”

在千叶道场修炼的弟子，每个人都有相当的基础。就算以龙马的资质，也难和大家竞争。尤其佐那对龙马和其他人总是一副目中无人的样子，让龙马很想早日雪耻。因此在傍晚练习结束后，他总是留在道场独自练习空挥。他专心地练习佐那的鹡鸰式，不断挥动竹刀，连地板都被汗水沾湿了。但是，还是不能随心所欲地使剑。

“你还在意输给佐那的事吗？”重太郎走进了道场，“她可是千叶定吉的作品呢。妹妹还没开始走路前，父亲就让她拿竹刀了。并要她不用管道场里的事，只要专心领会北辰一刀流的精髓就行。”

结果，佐那的剑术不断精进，最后成了千叶道场自傲的活招牌。

“以一个女人做模范也挺有趣的。”

龙马回到练习，一边呐喊一边挥起竹刀。

重太郎在一旁观察龙马挥刀，看出了他不足之处。

“坂本君，一旦持剑，就必须眼观八方，但也可以说是什么都不看。”

重太郎的说法充满禅意，他从准备在旁边的容器里抓了一把大豆撒在龙马脚边。

“脚贴地轻轻移动，但不要踩到这些豆子。”

龙马举起竹刀，用眼角看着大豆，贴着地移动脚步。

“不准看下面！”重太郎边微笑着，边丢出一个艰难的课题。

眼不看地贴地行走，脚一定会踩到豆子。龙马全神贯注在豆子上。

“对手在这里呀。”

龙马往声音处看去，重太郎手上多了把刀，他一吓，脚又踩上了豆子。

“加油啊，坂本君！”重太郎满脸笑意地走出了道场。

龙马一直盯着散落一地的豆子。

“不视而动……”

龙马再次举起竹刀，专心练习。

重太郎离开道场，来到定吉的房间。

“他会成为强者。”

重太郎这么一说，定吉放下正在写字的手。

“如何见得？”

“来千叶道场拜师的武士们，全是为了升官、获得更高的成就。但坂本君似乎不同，他想变得更强是为了自己。你不觉得吗，佐那？”

佐那正好端茶到定吉房里。

“谁知道呢。”佐那不置可否地微笑。但她心里暗暗惊讶，连定吉也认同龙马的才华。

“若能在这里继续精进，未来一定有非凡的成就。”

龙马真的潜藏着如此的实力吗？佐那捧着茶盘走在长廊上，正巧遇到打着赤膊的龙马在中庭井边洗脸。

“要擦洗身子请到道场后面的井边。”佐那冷冷地指正说。

“啊，真是失礼了。”龙马慌张地穿起衣服。佐那看没有其他的事，就想离开。

“那个，我可以向你请教一件事吗？佐那小姐一向都是这样吗？会不会也有像是捧腹大笑、喝酒醉倒的时候？或是……迷迷糊糊……之类的？”

“没有。”

“啊？小姐跟我的乙女姐相比，真是天地之别，简直就像不同世界的女人。”

“乙女姐？”

“是我在土佐的姐姐。从小就因为比男孩还强，被人叫做是坂本家的仁王菩萨[①]。我也不晓得被她惹哭了几次呢。”

“……您一家真是相亲相爱。”佐那面无表情地离开。

土佐坂本家，这天收到了龙马寄来的信。

“父亲、母亲、兄长，诸位身体还好吗？龙马在江户，日日勤于修炼剑术。”

龙马的信上细细描述了千叶道场的经营，在江户日夜练剑的生活，其中也提到千叶道场采纳龙马的想法，设置了大鼓，让小孩和女子随着大鼓的节奏练习。

“不过，我在这儿的训练，实在非常艰辛。刚开始完全没有招架之力，但现在日渐长进。不过，北辰一刀流堂奥之深，实在叫人吃惊。在千叶定吉师父的指导下，我每天都大开眼界。每天我都练得身上淤青、手脚红肿，但我绝对不会灰心，一定会更加专心修炼。”

龙马持续用大豆自我训练。眼睛紧盯着假想敌，双脚滑步避开豆子移动，不知不觉间，他已克服了重太郎交给他的难题。

“父亲、母亲，还有两位姐姐，我会在江户这片天空下，努力加油的。龙马上”

信纸上到处都是成长的痕迹，八平的脸上自然而然地浮出笑意。权平、千野，连春猪也都感到开心，只有乙女觉得不满。

“这个龙马，到底在江户干什么啊！”

① 仁王为佛教护法善神天龙八部之一，原名为金刚力士，神情凶怒，通常两尊为一组，安置于寺院门口。

乙女愤愤地写了回信。

“龙马，来信收悉。父亲、母亲和大家都很开心。但我实在不满意。你是为了修习剑术才离开土佐的吗？你不是想见识广阔的世界吗？不要忘了你的初衷！乙女笔”

“就只写了这些？”读了乙女寄到藩邸的信，龙马目瞪口呆。广之丞好奇乙女到底写了什么，所以跟着在旁边读了信的内容。

“啊！好可怕的姐姐。”

“我现在可是竭尽全力在修习武艺呢。”

“不行。光顾着练剑，以后会变成一个见解狭隘无趣的人。你姐姐说得没错，既然难得来到江户，就应该见识见识剑术以外的世界。”广之丞也站在姐姐那边，“我来教你吧，见识见识你不知道的世界。”

广之丞带着龙马出门，来到品川宿站的一间食堂。乍看之下，只是一间不起眼的食堂，但当他们坐在店里一角饮酒时，广之丞“呼呼”地抿着嘴笑，目光斜向一群接待客人的女子，在龙马耳边悄声说：“看看那些女人。这里的女人只要给钱，就可以在二楼陪睡。”

一个名叫志乃的女人端着小菜来到桌边，向龙马递了个秋波。“……欸！”

“走吧。”广之丞猴急地站起身，龙马惊慌地立即抓住广之丞的衣服下摆。

“不行！这不行。父亲严禁我接近女色呀。”

“龙马，这样可成不了大器哦。”

“我是来这里吃饭的呀。”龙马专心地扒着白饭。

“啊啊……这样的话，我就一个人去喽。”

广之丞向店老板娘交头接耳一番，对着龙马咧嘴笑笑，便上了二楼。老板娘叫志乃过去吩咐了两句，也跟着上楼。和服下摆露出的小腿肚白得耀眼。龙马举杯一仰而尽，克制动摇的意志。

“了不起！”邻桌正喝着酒的男子回过头来，不知是谁的恶作剧，那人的眉头用墨连在了一起，鼻下的人中处还画了两道髭。

“信守对父亲的承诺，拒绝女人的诱惑，真是个男子汉。”

男子好像已经完全醉了，但还是一杯接一杯地喝着酒，而且异常多话。

“你是土佐的藩士吧？从口音就听出来了。”

“我在桶町的千叶道场修炼。请问你的胡子是怎么回事？”

“我在斋藤道场。”

“斋藤！你也是来江户修炼剑术的呀。”

龙马对此人的亲切感油然而生，提着酒壶移坐到那人的桌子边。斋藤道场传授神道无念流，是江户三大流派之一。男子用极有特征的家乡口音报上名字：“在下长州藩士，桂小五郎是也。”

“在下坂本龙马。我离开土佐才知道日本有多大，江户果然是……”

“欸，你刚才说什么？”

“我说离开土佐才知道日本有多大。”

“世界要比日本大上千倍、万倍呢！世界上文明远远超过日本的国家还有很多呢。美利坚、英吉利、法兰西、俄罗斯！”

龙马听得目瞪口呆。美利坚这个名字，他连听都没听说过。

“美利坚这个国家在什么地方？”

小五郎显露出不耐烦的表情。总之，是个离日本很遥远的国家。

“那些家伙还有蒸汽船。”

龙马没听过蒸汽船这个陌生名词，于是把头凑近了些。小五郎就像说给小孩听一般开始说明。

“日本的船得靠风吹船帆才能行驶，但是蒸汽船没有风也能航行，而且还装载了几十门大炮，天涯海角都到得了。它是靠烧煤的动力来行走的。”

“在船上烧煤？”

“不久之后，那些家伙一定会盯上日本的。”

“在船上烧煤，船岂不是会烧掉？”

“已不是上二楼玩女人的时候了。”

“为什么船不会烧起来呢？”

“谁知道！”

小五郎盯着龙马，一再地说“不知道”。也许他是想告诉龙马，别在动力的原理上钻牛角尖，应该把视野放大，看看广阔的世界现在发生了什么事。但无论如何，对龙马来说，这些都只是难以理解的无稽之谈。

“您是逗我玩的吧。桂兄，您真是风趣啊。原来这世上还有像您这样的人啊。酒别喝太多啦，桂兄。”

龙马留下桂和自己的酒钱，走出店外。

食堂二楼，广之丞和志乃正划着酒拳助兴。每次猜拳都输的广之丞，开心地让志乃在脸上画下两撇胡子。

龙马独自走在回家的路上,自言自语地笑了。“盯上日本?若真是如此，掌管天下的幕府一定会有所行动的。”

——龙马说得没错。事实上，幕府已经开始行动，只是我们都还不知道罢了。

美利坚舰队已驶近和歌山附近海面。

江户城内，阿部正弘召集久世广周、松平忠优、松平乘全、牧野忠雅等数名老中，一同商议对策。面对江户幕府开府以来最紧急的状态，众人却提不出一个扭转形势的意见。尽管每个人都已殚精竭虑，但光眼前的情势就已让老中们穷于应付。

阿部心急如焚。“各位大人！若与美利坚开战，日本的胜算恐怕不及万分之一。我等必须保护日本国不受侵略。因此，应当广纳诸侯们的意见，合力抵御外侮。”

“大人的意思是，让那些外样大名[①]插手政事吗？”

“再怎么说，国家的掌管者还是我幕府啊。”

松平忠优与牧野相继表示反对。

“情势危急，已经不容许我们为此事计较了。”

“但若是外样大名趁此机会谋反，怎么办？”

久世也认为还是应该由幕阁来制定决策。尽管在攘夷或开国的主张上各执已见，但破格广纳外样大名的意见，老中

① 外样大名，日本江户时代的大名类别之一，指的是关原之战后被德川家康削减了封地的武士，他们的领土距离江户路途遥远，领地与谱代大名交错，而亲藩大名和谱代大名可以监视外样大名。在德川幕府庆应年间，外样大名想通过“王政复古”取代德川家族统治日本，要求更换当权者，在倒幕运动中成为倒幕军的主力。

们还是一致反对。

这些人的脑袋怎么这么顽固啊，阿部沮丧地想。

半平太传授武市道场的弟子们《灵之真柱》一书。这是国学家平田笃胤的著作，是一本阐明诸神功绩，讲述灵魂去向的书。

“皇祖神天照大神教导我们要尽忠义与孝行，因此天皇盼我等能遵奉天照大神的旨意。”

这便是后来尊王攘夷的中心思想。

武市的弟子们之中，也有以藏。

“武市老师讲课，真是浅显易懂啊。”

“如果以藏都听懂了，那大家一定都听懂了。”清平只是说笑，但却反映出半平太的特质，让课堂的气氛既开朗又活泼。

村子另一边，弥太郎的私塾也开张了，但“教授和汉学岩崎弥太郎”的木牌下，学生只有十岁的为五郎和七岁的鹤吉两人。鼻下垂着两行鼻涕的为五郎，连书都还不太会念，鹤吉脸上则总是挂着谜样的傻笑，面对这两个学生，弥太郎完全教不了什么深奥的学问。

“为什么我开的学塾，只能收到这两个傻瓜？”弥太郎的忍耐到了极限。

“有人在吗？”

一个女子的声音传来，加尾出现在门口。加尾回绝婚事，中止了茶道、花道、一弦琴等技艺的学习，似乎下了个重大的决定，来到弥太郎的私塾前。

“弥太郎先生，请教我学问吧。拜托你。”加尾低头行礼说。

“这是梦吧……我在做梦？”弥太郎高兴得差点儿手舞足蹈。

此时龙马正在千叶道场负责训练附近邻人的晨课。配合人鼓练习，颇受学生们的好评，千叶道场的弟子比龙马初到时增加了很多。

大道场轻快的鼓声响起，在门外探视的佐那，不禁露出了不可思议的表情。男人敲着节庆大鼓，女人和小孩随着节拍一边喊“呀！”一边挥剑。

龙马发现了佐那，高喊了一声，要大家停下手上的练习。

“各位，请听我说。这位佐那小姐的实力非常强，千叶道场里没人赢得过她。”

道场里一片惊呼之声，大家半信半疑，纷纷用惊讶的眼光投向佐那。

“坂本君，怎么这么说……”佐那虽然尴尬，但道场响起一片想看看佐那剑法的要求。

“真是麻烦啊！不好意思，但是……能不能让大家稍微开开眼界呢？”龙马的请托，加上大家一再地请求，佐那拿起竹刀，说就只示范一次。

“握竹刀时，左手七分力，右手三分力，不快不慢，手腕轻软，挥击时两臂夹紧。”

佐那喊着“咻”，挥了一次，精准敏捷的动作如同行云流水，几乎所有人都反应不过来。龙马朗声说：“挥击时两臂夹紧。”

佐那再度喊了声“咻”，挥动了竹刀。

“挥击时两臂夹紧。”

“咻。”

“挥击时两臂夹紧。”

“咻。”

“咻”、“咻”，龙马与佐那交互挥击，节拍渐渐配合，大鼓也跟着“咻”、“咻”声，发出咚咚吭、咚咚吭的声响。

于是，弟子们也跟着大鼓，边喊“呀！”边模仿佐那挥剑的动作。与大家一起挥剑的佐那，不知不觉地也开始指导小孩及妇女，愉快地擦去汗水。

练习结束。佐那到中庭的井边哗啦哗啦地洗脸，一旁，龙马也正在洗脸。

“今天，学生们都很感谢小姐。多谢。”

“我也很开心。”佐那嫣然一笑。

“哦，这是第一次看到佐那小姐的笑容呢。”

“咦……辛苦了。”怕龙马察觉自己突突的心跳声，佐那匆匆离去。

“偶尔能这样笑笑多好……”龙马自言自语。

之前，龙马在地上撒豆，磨炼一心不乱时，佐那曾在道场外悄悄探视，对此事龙马完全不知情。

“咚咚吭咚咚吭咚，呀！”佐那随口数着节拍，在长廊间浮出了笑容。

定吉在屋里练字，他能从传到耳朵的声音，洞悉人心的动向。佐那在中庭说话的声音，让定吉不觉停下了手中的笔。

——龙马来到江户一个多月后，嘉永六年的六月，一件惊天动地的大事发生了。

“所谓剑之道,乃以理与技求之。知理而求技,穷技而求理。舍己一心修行也。”

在定吉的要求下，佐那背诵出自小铭记在心的“剑之道”。

“这是因为……”

“佐那，如果我是你的敌人，你能毫不犹豫地朝我斩杀吗?”

“为什么要这么问？”

“那么坂本龙马呢？如何？你能斩杀他吗？”

“……不管对手是谁，我都能斩杀！”

“不可能，你是不可能胜过坂本的。”

“您说什么！我怎么可能输给坂本君。”

“我并不是在责备你。从小，我就教你北辰一刀流的剑法……但你是女人，很难把一辈子奉献给剑。我们终于到了必须承认这件事的时候。”

对佐那而言，这句话等同于彻底投降。

“父亲！我这辈子一心一意只为剑道而活。千叶佐那是千叶道场的招牌，我并不想从父亲的口里听到那种话。”

佐那从定吉屋里冲出，快步来到龙马独自练习挥剑的小道场。

“坂本君，请与我对战。”佐那的口气虽然平和，但语气却颇有迫力。

“这是怎么了？”

“不准保留，请与我决战！”

佐那套上护具，起身，拿起竹刀。

“且慢，佐那小姐，为什么突然……”

“我绝不会输给你的！”

“我不愿意与佐那小姐对战。”

“因为我是女人吗？”

“总而言之，剑是在战场上杀敌的工具。”

“战场上无男女之别。”

佐那毫不留情地直攻而来，龙马举臂防护，但下一轮攻击以迅雷不及掩耳的速度继续攻到。龙马被迫出手抵御，一瞬间，他握住了佐那的竹刀。他丢开自己的竹刀，抓住佐那的衣领将她绊倒。趁佐那摔倒在地，龙马骑坐在佐那身上，将她的两手压制在地。竹刀自佐那手中脱落，掉落地上。

“如果这是在战争中，佐那小姐已经死了。”

佐那粗重地喘着气，面具下的眼睛紧紧闭了起来。龙马以为打到了她的头，慌忙脱下佐那的面具。但下一幕更令他大受冲击，佐那的脸颊已被泪水浸湿。

“为什么……为什么我要生为女子！……为什么……”佐那呜咽。

“小姐在说什么呢！我从没见过像佐那小姐这样英气勃勃的女子。这轩昂的气度绝对是来自剑道的修炼，这是别人学都学不来的气度呀。在我眼中，佐那小姐可说是光芒耀眼。”

佐那边哭边怔怔地望着对自己说个没完的龙马。

“生为女子又如何？小姐不可以再这样自怨自艾了。”

佐那依旧躺在龙马下方，眼眶充满泪水地望着龙马，龙马也对视回去，眼光不知不觉移到佐那道服之下以布束缚的胸口。

“啊，我在干什么？！”龙马狼狈地从佐那身上站起。

佐那拉拢道服，掩住胸口，她的泪水已经止住。“我……不是我弱，是你太强了。”

佐那浅浅一笑，用爽脆的声音朝着屋顶再三说：“不是我弱。”

“没错。佐那小姐很强，比我家乙女姐还强！”

佐那笑了起来。“仁王菩萨？”

“对呀，坂本家的仁王菩萨呢。”

龙马与佐那一同朗声大笑。

重太郎站在走廊上。之前他恰巧经过时，听到龙马和佐那的对话。一时好奇，便停下脚步继续听了下去。直到听到两人爽朗的笑声，一颗悬着的心才放了下来。

“重太郎师父！”一名弟子面无血色地跑来。

“嘘！”重太郎有些不耐地要他别出声，但那名弟子手足无措。

“城里发生大事了！听说浦贺出现了一艘又大又可怕的外国船。”

“啊？”

弟子的喊叫声也传进了道场中的龙马和佐那耳中。

外国船？顿时，一股融汇了新奇和不祥的预感，在龙马心中翻腾。

第五章　黑船与剑

嘉永六年六月，三浦半岛的浦贺海面，出现四艘船组成的培里舰队的巨大身影。

“那……那是什么？”

“黑漆漆的……是、是黑船！”

当地的渔夫们看到那诡异的船影，都吓得心胆俱裂。

“哈啰，日本。”

培里上校站在“萨斯凯哈纳号”的甲板上，张开大大的双臂。砰一声，大炮发出了火花，浦贺湾体验到了地鸣般的爆炸声。

——培里率领四艘美国船在浦贺出现的消息，传进了江户城。幕府的老中们急得有如热锅上的蚂蚁，他们几个月前就已知道培里前来的消息，但最后还是只能一筹莫展地面对这天的来临。

据在江户执勤的浦贺奉行井户弘道的上报，培里携有美国大总统的文书，他的四艘军舰中，有两艘备有二十门大炮，一艘备有十数门，最后一艘则有四十门。

老中松平忠优、久世广周、松平乘全、牧野忠雅众口一致，请求阿部裁量。

浦贺与江户近在咫尺，培里此举等同于威吓幕府。在这种窘境下，阿部只好将与培里折冲之责全权委托浦贺奉行所，以争取时间，然后抱定决心在这段时间内谋求应对之策。

浦贺奉行所任命与力[1]中岛三郎助，负责与美方的副官康提交涉。

但美方要求由幕府高官出面接受美国总统的亲笔书信。而中岛表示，与外国交涉的单位在长崎，拒绝了美方的要求。然而，尽管中岛再三请美方将船驶到长崎，对方依然不理。

——日美谈判在美国舰队“萨斯凯哈纳号”上展开，培里本人却没有出面。他想借不露面的方式对日本形成威胁，让自己在谈判中占有优势。就在浦贺奉行想尽办法阻止美方节节进逼之时，江户城里依然议论不休。

看来幕府已不可能秘密处理此事。

“既然事已至此，干脆接受对方的亲笔书信吧。”提出此看法的松平忠优，原本就是开国派人士。

“想入侵日本的，不只是美利坚而已。”

“俄罗斯、英吉利、法兰西都意图染指日本。”

也是开国派的松平乘全，与不愿开战的牧野，也都认同忠优的意见。

“到了这种时候，还是应该与美利坚建立良好关系。”

---

① 与力为幕府中负责市街警备、调查的官职，类似今日警察。

面对态度向美利坚倾斜的阿部，久世则当面反对："如此软弱，小心被人牵着鼻子走啊。"

该如何应付美利坚的要挟，幕府内部仍旧无所适从。就在议论尚且莫衷一是之时，井户又带着浦贺奉行所的通知前来禀报。

"培里说，若是拒绝接受文书，他要带兵上岸，直驱江户城。"

阿部等人面色顿时惨白。

——幕府下令各藩立即在浦贺到江户湾内之间进行海岸警备。然而，远战久矣的武士们早就不知把盔甲扔到哪儿去了。

土佐也接到海岸警备的命令，给龙马所在的土佐藩邸造成不小的风波。藩士们不安地来回踱步，还从土仓里搬出了大炮。

"龙马，快穿上盔甲，我们要给美利坚来个迎头痛击！"

广之丞十分激动，但龙马却连盔甲在哪儿都不知道，就算想穿也没办法。总之，他决定先到旧货店走一趟。店里挤满了来买武具的武士们，老板在旁看着武士来回穿梭，笑得合不拢嘴。这些旧武具不但销路极畅，而且还物稀价俏。

土佐藩奉命守备品川海岸，沿岸已有几个藩设了营哨，土佐藩也在规定的地点摆开阵势。

藩士们不熟悉战斗准备，一时慌了手脚，忙得团团转。上士穿上威严神武的盔甲，但上下身却不成套，其中还有不少穿错的武士。下士这方面，则有人把打火的装束与步兵的装束混穿在一起。情况虽然危急，但也出现了不少滑稽突梯的场面。

龙马与广之丞合力用两轮车载运吊钟到海边。

“把这座吊钟运到海边做什么？”

“也许从黑船上看过来会像大炮吧？”

“大炮？！”龙马难以置信地反问。这种骗小孩的伎俩真的起得了作用吗？

——所有人都不明就里地惊惶失措。在浦贺，日本方面更换了谈判官，美方渐渐焦躁起来。

新的谈判官是与力香山荣左卫门。香山继续坚持要“萨斯凯哈纳号”驶回长崎的主张，并且含糊地表示，到了长崎会考虑接受美国总统的文书。

“若是在该地接受文书，对我国是个侮辱！”康提拉高分贝抗议。

负责谈判的康提懊恼地将日本的响应告诉培里：“他们坚持我们要先去长崎。”

迟迟未有进展的谈判令培里焦急不已，终于决定打出下一张牌。

“下令‘密西西比号’驶进江户湾！”

“密西西比号”接到指令，拉起汽笛，喷着黑烟往江户前进。

——培里的这项策略，奇妙地改变了龙马的命运。

站在品川海岸瞭望大海的龙马和广之丞，自然不知道浦贺奉行所在谈判最前线的辛劳和培里的焦虑。他们还优哉游哉地谈论传说中的黑船。听说一艘黑船装载数十门大炮，龙马产生了单纯的疑问。

“大炮那么重，船不会沉吗？”

“那船太大了，沉不了。”

“听说它驶在海上还会冒烟呢。”

“实在令人想不透啊。”

广之丞对黑船同样也是一知半解。龙马看看四周，尽是些忍着睡意的下士和抵挡不了睡神的老上士。

“真想看一眼黑船。敌我不明怎么作战呢？”

“喂，你别走啊！”

“我是为了见识广阔的世界才到江户来的。我要去亲眼瞧瞧，黑船到底是什么玩意儿。”

龙马想，就算少了他一个人也不是什么问题，于是不顾广之丞劝阻，若无其事地离开岗位。他沿着海岸小路，跑到羽田村附近时，被负责该区守备的某藩士兵逮个正着。

“你在这里做什么！”身上带着战斗装备、手持长枪的藩士在此警戒着。

“我……我想来看看浦贺的状况……”

“你是哪藩的武士？叫什么名字？”

“慢着，你们在此是为了防范黑船吧。敌人不是我，而是那些外国人啊！”

“但也有人趁着黑船来袭的混乱，刺探别藩军备的虚实啊。”

“我没有这个意思。”

龙马虽然一再否认，但藩士们依然认为可疑，将他押至营哨内。在几名藩士的包围下，龙马察觉身处险境，急速地后退两步，乘隙拔刀在手。藩士们见到龙马的身手，立刻摆下阵势迎敌。

“岂有在此被捕之理！”龙马转身蹿入草丛中，藩士们立刻在后追赶。不停穿越树丛掠过长草的龙马，听到背后砰砰的枪响逐渐逼近，拔腿狂奔，一口气冲到了崖边。山崖下是羽田海岸，往下一瞧，滔滔浪花拍岸而上。

“逃到哪里去了？”

“快找！”

藩士们在后面叫着。

龙马紧抓住崖下的岩石，一步步踩稳石头横向移动。他谨慎地伸出手抓住突岩，却听到后方发出咔啦咔啦的声音，松脱的石块咚的一声掉进海里。龙马吞了口唾沫往声音的方向看去，岩石上竟然出现了一只手。莫非是追兵来了？龙马焦急地再往旁跨步，哪知岩壁上已无立足之地。我命休矣！龙马再次回头。

一个貌似官兵的人踩着石缝往龙马靠近，他抬头一望。“啊！”那个人竟然先吓得藏起脸来。龙马本也反射性地背过脸，但转念一想：“咦？”他又回头把那人的脸看个仔细。

“……桂兄？你是桂小五郎兄吧！记得我吗？我们在品川的饭店里见过面。”

“欸？”小五郎怀着戒心，略略偏过头来。

“啊！你是土佐藩的！”

“是。”

“你在这里做什么？”

“我来看黑船。”

“我也是啊。”

“果然！”龙马攀着岩壁张着嘴笑说，“桂兄，你真的说中了，没想到那黑船真的来了。”

“其实我也吃了一惊，这话是松阴老师告诉我的，我只是现学现卖。”

“松阴老师？”

“那位老师早就知道会有这一天了。”

此时，一声巨大的轰隆声朝他们而来，铿铿铿的声音不断逼近。龙马与小五郎左右张望，只见一个庞大船首像是从岩壁突刺出来般，接下来是宏伟的黑色船体，“密西西比号”整个船身跟着显露了出来。

“啊啊！”

龙马不自觉地拔刀出鞘。“密西西比号”的烟囱喷着黑烟，明轮的轮桨在海面掀起激烈的水波。美利坚的国旗正随风飞扬。

“这就是……黑船？！”

在巨大的船身面前，龙马的刀渺小得一无是处。不到一眨眼工夫，龙马和小五郎已浸在海水中。“密西西比号”激起的巨浪，将龙马和小五郎吞没。

——在培里的威逼要挟之下，幕府终于屈服，接受美国总统的亲笔书信。于是历经十日的黑船风波终于平息。但是，一向稳固的德川幕府政权，开始遭到许多人的质疑了。

培里预告第二年将再度来航后，即离开日本。但即使黑船远离，幕府内部仍旧心惊胆战，因为美利坚展现的强大军力，足以压垮日本。

江户市街上，有培里肖像画的快报传得满天飞。市民们之间疑虑渐深，德川幕府的威信开始动摇。

在土佐，师事半平太的众弟子，包括以藏、收二郎等血气方刚的青年，都集合在武市道场。

“竟然让外国蛮族践踏神国日本的土地，我们怎么对得起京都的圣上。”半平太十分愤慨，他誓言在下次培里来日时，不惜与之奋战。

培里的传闻也传到了岩崎弥太郎的私塾里。

“也就是说，美利坚逼迫日本开放门户。”弥太郎只对加尾一个人解释，至于为五郎和鹤吉，他根本没放在眼里。

“如今，这时代最需要我弥太郎这样的天才。”

“是。”

看见加尾用力地点头，弥太郎感到自己有了存在的价值，心中满是喜悦。

然而，收二郎并不乐意加尾到弥太郎那里学习。“若想修习学问，怎么不到武市哥的道场来？”

“弥太郎先生真的是博古知今，是个优秀的老师。”加尾接着说，她想求学问，学习这个世界的事，朝收二郎的关心泼了一盆冷水。

还有另外一件事，也改变了加尾的想法。

（我喜欢你……而且，现在我还想多了解这个世界。）

那是龙马出发到江户前留下的话。

黑船事件之后，武士们更加积极地开始钻研剑术。

在千叶道场，重太郎向弟子们解释："今日，日本已成了外国的香饵，也许不久就将有战事发生。但是我们有刀，当今之世，正是吾等武士为日本效力之时！"

重太郎举起刀，弟子们情绪激昂，全神贯注地看着重太郎。

然而，龙马的心底却升起莫名的困惑与疏离。

自从见到黑船之后，龙马便无心练剑。一到休息时间，他便走到道场外调整混乱的气息。眼前仿佛又看见黑船发出轰然巨响，朝他直逼而来。

"不行……不行……"龙马奋力甩开黑船的幻影，一回头，佐那站在身后。她一反平时常见的穿着道服的模样，穿上了和服，像个女儿家。一与龙马四目相接，佐那立刻转开了视线。

"佐那小姐，第一次看到你这么打扮，佐那小姐穿起和服真好看，很适合呢。"

佐那却摆出不高兴的样子，好掩饰自己的羞怯。她突然递出一个小布包。

"这是人家给的金锷烧[①]。喜欢的话，就拿去吧，我家没人爱吃。你不喜欢的话就算了。"

"不不，谢谢小姐。那就不客气了。"

"什么事不行啊？刚才听你一直说'不行、不行'的。"

龙马想装傻，但佐那不肯，无奈之下，只好找个借口搪塞："哦哦，我是说北辰一刀流真是深奥啊……"

"坂本君，为何要说谎？"

---

① 豆沙馅饼，因做成刀锷的形状而有此名。江户时代金锷烧是圆形的，现在则做成方形。

果然，要骗过佐那并不容易，龙马只好坦承自己看到黑船一事。

“现在我的脑中一片混乱……遇上那种怪物，手中之剑就成了一块废铁。如果与外国开战，刀剑根本派不上用场。”

“这里是千叶道场，如果父亲或哥哥听到你说刀剑无用，你就别想再在这儿待下去了。刚才那句话，就算刀架在脖子上也不准再说！”

佐那的愤怒升到了最高点，龙马只好颓丧地转身离去。

那天，龙马要离开千叶道场时，重太郎拿着感冒药追了出来。重太郎注意到龙马练剑时心不在焉，动作也迟钝许多。龙马只好用感冒、身体不适作为借口。

“身体不舒服就该早点说，如果有什么烦心的事，也可以跟我谈谈，我帮你出主意。我希望坂本君未来能成为千叶道场的支柱。”

重太郎的好意，反而令龙马有些难以承受。“……多谢美意。对了，多谢你们送的金锷烧。”

“啊？”

“请帮我谢谢佐那小姐。”

重太郎愣愣地看着龙马离去。

当时，日本船最大也只有百来吨。幕府因担忧大名拥兵自重，禁止各藩建造大船。然而，龙马和小五郎所看见的黑船，比起日本船要大上数十倍。“萨斯凯哈纳号”有两千四百五十吨，而且还配置数十门大炮，龙马所受冲击之大确实难以想象。

龙马回去之后，佐那关在屋里缝纫。

(如果与外国开战，刀剑根本派不上用场。)

她想起龙马说的话不觉发起愣来，缝着东西的手也停了下来。

门外传来声响，重太郎一脸严肃地进来。“妹子，你是不是有什么事瞒着我。”

“啊？”

“你把金锷烧给了坂本，对吗？明知道我最爱吃金锷烧的！”

重太郎没等佐那响应又说，龙马入门成为弟子之后，佐那才开始做女工、学茶道。

“你，喜欢那小伙子吗？”

“……我不知道。我已经不能用从前的眼光看待他了。为什么会这样，我自己也不懂。”

“佐那……你爱上坂本了。”

不管剑法再怎么精湛，佐那毕竟只是个情窦初开的小姑娘。重太郎为佐那感到高兴。

“坂本君人品不错，如果能与你结为夫妇，就可以跟我一起经营这千叶道场……”

“结为夫妇？！”

“那小子也喜欢你呀。他的状况不佳，并不是因为感冒，而是因为满脑子都是你。这样就全都说得通了！”重太郎自以为是地解释完，忽地情绪高昂起来，“佐那，包在我身上。我一定想办法成全你。”

龙马到江户的长州藩邸拜访小五郎。自从见到黑船以后，盘踞心中那股无法解释的烦躁，他只能说给有共同体验的小五郎听。

有人领他进屋，小五郎正在读书，他面容憔悴地望了龙马一眼，眼睛下方一圈黑影，书桌上的书堆了老高。

小五郎也无法将这怪物般的黑船从脑中拂去。也许接下来，日本就要发生惊天动地的变化了，这些烦恼令他夜夜难以成眠。

“你知道攘夷这句话吗？”

“让椅？”龙马困惑地问。

“是攘夷，就是阻止日本被外国侵略的意思。”

“这是天经地义的事呀。”

“好，那我问你，现在那些口口声声说要攘夷的人，不管来日本的外国人是什么状况，只一味地想把他们赶出去。你认为这种事能成功吗？”

“不能，他们没见过黑船。”

“看来，日本除了放弃锁国，接纳美利坚、俄罗斯、法兰西等国进来，别无他法了。”

“岂有此理！”

“这是我的老师佐久间象山说的。”

“啊？”

“不过，我的剑术师父兼好友斋藤新太郎又说：不行！我们怎可与那些异国蛮夷同流合污？”

“……这样。那桂兄又怎么想？”

“不知道，我不知道到底哪条路才是正确的。不知道的时候该怎么办？就靠学问了，没有知识就无法判断任何事，所以我现在正拼命读书呢。”小五郎转身面向书桌，再次读起书来，仿佛一分一秒都舍不得浪费。

龙马的烦恼完全没有化解。这么明显的武力差异，日本到底会怎么改变呢？“桂兄……我，我到底应不应该继续修炼剑术？继续追求北辰一刀流的精奥，还有意义吗？”

“你想舍弃你的剑吗？那也就是表示你要放弃武士之道？这种关乎人生的大问题，不要问别人！”小五郎一刀斩断龙马的烦恼后，目光再次回到书本上。

同一时间，土佐的坂本家收到龙马的来信。乙女等人聚集在八平的房间，引颈期待权平读完信念给她们听。

“他说，若是与外国开战，自己必取下异人首级，凯旋荣归。”

权平为龙马的志气而激动，伊与、千野、春猪也觉得龙马的英勇令人心折。

“就这么点小事有什么好佩服的？这本来就是身为武士的本分。”八平要求家人们平静下来，但内心其实也很感安慰。

不过，乙女却不相信。她从权平手上抢过信，重读一次。

“取下异人首级……”

这不像龙马会说的话，乙女感觉到龙马心中的迷惘。

——就在这时，江户城里，幕府终于把美国总统的亲笔书信译成了日文。然而，因为黑船危机心力交瘁，将军德川家庆突然薨逝，由四子家祥继位。没错，就是那位谣传是个笨蛋的、后来的德川家定大人。老中首座伊势守阿部正弘终于作了一个空前的决定，那就是将美国总统的书信，向全国各大名公开。

阿部在江户城的广间召集所有大名，在大家面前朗读美国总统的亲笔信。

“一、美利坚与日本结为亲善之交，约定彼此除交易之外，别无其他意图。二、美利坚发誓不触犯异国政令。三……”

读完后，阿部收起书信，看了在场所有人一圈。

“这些就是美利坚的要求。我方应该接受此议打开门户实行开国呢，还是抱着开战的决心贯彻锁国？希望各位切莫避忌，直陈己见。”

底下骚动的声音像海浪般徐徐扩散开来。

——大名如此惊诧不无道理。德川幕府建立至今已有二百五十年，这是幕府第一次向他们垂询政治上的意见。而这件事也在有意执政的藩主心头点起了火苗，大家开始议论日本国未来的方向。

在土佐藩，藩主山内丰信（后来的容堂）也宣布将不分上士、下士，广纳各方意见。因而，半平太和弥太郎立即提笔各抒己见。

在收集来的意见书中，以吉田东洋的意见书最吸引丰信的目光。

“你的意见颇有见地，确实写出我藩土佐在现今日本当中应走的方向，我有意给你参政一职，你意下如何？东洋，助我一臂之力吧。”

东洋出身低微，家格只是马回格[1]，丰信此举可说是极大的拔擢。

“多谢大人提拔。”东洋恭谨地致谢，然而丰信身旁的家臣们都大为吃惊。

接着，丰信朝院子里瞥了一眼，看见一个人平伏在地。那是半平太。丰信授意身边家仆，到半平太身边说：“藩主大人说，你的意见也写得相当好，盼你以此自勉，今后更当努力尽忠报国。”

丰信打算从房间离开时，朝院子里的半平太扫了一眼。好巧不巧，正好与悄悄抬眼的半平太四目相接。

“啊！多谢大人厚爱，感恩不尽。”半平太惶恐之极，不断向藩主叩首。

容许下士面见藩主原本就是破格的特例，因而半平太回到家后，喜极而泣地将这份荣耀向祖母阿智禀报。

“藩主大人赞美了我。他说他读过我写的意见书了！大人……大人真是一位贤君哪！”

半平太、阿智和阿富都流下了感激的泪水。

然而，弥太郎这边却没有一点儿音讯。不仅如此，还听到半平太蒙召进城，弥太郎脑中登时一片空白。

“岩崎老师，不如您也写吧？”什么也不知道的加尾，建议弥太郎也提出意见书。

“不就是黑船来航嘛……我若要提意见，要等世界有更大的变化再写。”弥太郎使劲地吹牛，不甘心的泪水只好往

---

① 站在大将坐骑旁，担任护卫工作，负责传令或兵力之一，平时亦是大名护卫，属上级家臣中最下的等级。

肚里流。

待在江户土佐藩邸的龙马，收到乙女的来信。

"……为国家着想虽然很好，但我认为你并不是好战之人。见识世界的事物，不是要你与别人苟同。龙马，你去江户不是为了成为一个普通人。你该寻找出自己的人生态度，唯有寻找出自己的人生之道，才能明白自己为何来到这个世上。"

乙女的来信，口气虽然严厉，但处处满溢着为龙马未来着想的慈爱。

"没错，姐姐……那封信是我胡诌的……我找不到自己该走的路啊……"

第二天，龙马在"北辰一刀流　千叶道场"的招牌前深深吸了一口气，然后鼓起勇气走进道场。重太郎两手叉胸，神情严肃地等待龙马到来，吓得龙马退了两步。

"重太郎师父，你、你早。"

"坂本君，今日修炼完毕后，你有事吗？"

"啊？没有……"

"那么，陪我出门一趟吧。我们到大川附近去乘凉怎么样？对了，叫佐那做两个便当吧。那丫头做的菜意外的好吃哩。"

"若是如此，乐于奉陪。"龙马心情愉快地答应了邀约。

佐那躲在道场旁的小屋里，心头突突地跳着。听到龙马爽快的回答，她不觉绽开笑靥。

修炼时间到来，众弟子在道场并排而坐。重太郎高声下令："默想。"龙马与弟子们闭上眼睛，深深吐纳努力想静下心来。虽然龙马看上去是暂时镇定了下来，然而定吉却从上座凝视着他。

默想结束，定吉指名龙马上前。“带竹刀到前面来。”

定吉自己也拿着竹刀走下道场，摆出等待龙马的姿态。由于定吉的行为十分罕见，重太郎、佐那、弟子们都不敢出声，静观事情的发展。龙马疑惑地在定吉面前站定。

“你的心跑哪儿去了？”

被定吉这么一问，龙马的心立刻乱成一团。

“我的心……在……这儿……”

“是吗？那么你来攻我。”定吉摆出架势，未戴护具，“剑无正气，伤不了我。”

“……遵命。那么，恕弟子失礼了……”

龙马充满了斗志，他举起竹刀提气朝定吉斩去。定吉身子轻轻一偏闪过竹刀。众人屏息观望两人的对战。

龙马调整好呼吸再次举刀站定，然后冲向定吉继续进攻，但全都被定吉巧妙地闪身躲过。也许是心里急躁，龙马的呼吸也失去了规律。

“嘿！”定吉的竹刀打中龙马身躯，再打面部。龙马想回击，却找不到空隙。定吉发出“呀”的一声，打中龙马的护手，龙马手腕一阵剧痛，霎时竹刀脱手落地，发出撞击声。

“心不在焉的人，何以钻研剑术！”定吉喝道。

龙马蹲在地上，握着手腕忍耐刺骨之痛。

“重新认清自己再来！”

龙马看着定吉回座，说出了心里的话：“没错，我心不在这里。您知道黑船大得难以置信吗？与黑船上的大炮相比，我的刀就如同一支绣花针。”

“住口！”佐那大叫，想阻止龙马再往下说。但龙马已控制不了自己。

“若是与外国人开战，这把刀根本派不上用场。弟子不懂到底为何来学剑。”

重太郎气不过，揪住龙马的衣襟。“你是说剑术已经过时了吗？你这还算是个武士吗？”重太郎重重踢了龙马一脚，龙马跌坐在地。

定吉命令说：“如果钻研剑术没有意义，那你为何还在这里。给我滚出去！”

“师父……”

龙马还在摸索剑道的真理，就算敌不过大炮，他仍想探求剑的意义。但是，还没能得到答案之前，他只好颓然离去。

离开千叶道场的龙马，抱着护具蹒跚走在路上。他看不见自己的未来。

（去吧，龙马，离开土佐，去看看广阔的世界。）

脑海中浮现出父亲送他出门时的面容。

（成了出色的人再回来，龙马！）

乙女比任何人都理解龙马。

龙马仰头问天。

（我会带着你的大志到江户去！带到江户去！）

从多度津番所逃出来的弥太郎，在山崖上送别。

那份大志，龙马把它丢在哪儿了呢？

“我……我……我做了多么愚蠢的事呀！爹……姐……弥太郎……我做了什么呀！”龙马趴倒在地，无视他人的眼光号啕大哭起来。

第六章　松阴在哪里?

清早，龙马与广之丞才刚聊了两三句，便丢下一句“我得去晨练”，跟着就出门了。

那天中午左右，佐那来到土佐藩邸门前，正迟疑着要不要请人带路，就有个武士从藩邸里出来。那就是广之丞，不过这两人并不相识。

“对不起…… 我叫佐那，从千叶道场来的。”

“佐那……啊，你是千叶的女罗刹?！”

“我才不是罗刹呢！”

出乎意外的招呼结束后，佐那请广之丞带她去见龙马。

“龙马? 他不是去千叶道场练剑了吗?”

“什么?”

事实上，龙马是在神社和孩子们玩耍打发时间，直到傍晚，修炼差不多该结束的时候，他才气喘吁吁地跑回家。回到藩邸，佐那正在屋里等他。

“佐、佐那小姐?！”

“坂本君，回道场来吧，只要你诚心道歉，我爹一定会原谅你的。”佐那担心龙马会就此被扫地出门。

然而，龙马当着剑道师父的面，冲口说出剑术无用等鲁莽之言，不可能那么容易得到宽恕。而且，若觉得是自己犯了错，他也可以磕头谢罪，但此时龙马不明白自己到底哪里说错。

不仅如此，黑船壮伟的影像已深深烙在脑海，他满脑子想的不是想上黑船去瞧瞧，就是如何能造出那样的船。在这种状态下，他实在无意去道歉。

“为什么你会这样……看到了黑船就要放弃剑术，找遍江户也没人像你这样！”

“我还没决定要放弃呢……”龙马思绪混乱地抓着头说。

——因为黑船出现而思绪混乱的，当然不只龙马。在培里胁迫下接受美国总统亲笔书信的德川幕府也不相上下。

“在品川海面堆土造岛，在岛上建炮台设置大炮吧。”

这是阿部勉强想出来的防卫之道。然而，将它付诸实践需要莫大的经费和人力，但幕府财政困窘，实在挪不出多余的资源来做这件事。

“传令下去！允许各藩建造足以与黑船匹敌的大船。”

虽然紧急开放这项禁令，然而现下只等一声令下便有能力建造大船的藩，可说屈指可数。但幕府除了仰赖各藩之力外，别无他法。

龙马不知该如何是好。如同小五郎所说，美利坚人乘着蒸汽船来了，打算将日本操纵在股掌间。回想与小五郎的谈话时，有个人的名字突然在脑海中出现。

（这话是松阴老师告诉我的，我只是现学现卖。）

他记得小五郎说，吉田松阴是他的老师。龙马再次前往长州藩邸，但小五郎脸上似乎倦容更深，书桌上堆的书也比前些日子更多。

“每夜都梦到黑船，根本睡不着觉。”

“桂兄，松阴老师是何方神圣？”

“简单说就是一个天才。”小五郎举了个实例说明，松阴五岁时就被长州藩山鹿流兵学宗师的叔父收为养子，九岁便成为见习教师，十一岁时便在藩主毛利庆亲面前，讲授山鹿素行所著的《武教全书》。

龙马惊愕不已。龙马与松阴只相差六岁，而且十一岁时，龙马还是个爱哭鬼。不论武术、学问都落人一大截。

“请你让我见他一面吧！松阴老师这么聪明，一定能为我解惑。请你立刻带我去见他一面吧。”

“我自己都还来不及向他求教呢。”

“那我们一起去？”

“不行啊，老师出外远游了。”松阴应该是在弟子金子重之辅的陪伴下，在各国云游。

“何时才会回来呢？”

“不知道。”

小五郎真的不知道，所以泼了满怀期望的龙马一盆冷水。

佐那希望龙马再回道场来。她希望能借重太郎的力量，平息定吉的怒气。

“无论是谁，本来就可能会对自己一直坚信的事产生疑问。没想到连哥哥也放着他不管？”佐那顾忌四周，特意降低了音量，但重太郎相应不理的态度，终于让她忍不住发起脾气来，“你明明知道我喜欢坂本君，而且还拍胸脯说，要想办法成全我的！”

“别为难我了！佐那。”重太郎自己下不了台，只好找话搪塞。佐那见哥哥如此懦弱，霍地转身离去。

定吉一面擦拭刀面，一面与进来帮忙的重太郎有意无意地谈起龙马。“重太郎，我并不是讨厌坂本。想以剑抵挡黑船，本就毫无胜算。”

“可是父亲大人？！”

“天下事变幻莫测。五十年、一百年后，也许这把剑会变成一块废铁。但是……也正因为如此，武士更应该把剑视为自己的分身，精练技术才行。尤其是像坂本这样的男子……关键要看他是否能领悟到这一点了。”定吉的眼光落在手中正在赏玩的刀上，白刃散发出清澈无瑕的光芒。

——也许，只有千叶定吉能了解此时龙马的苦恼。龙马这个人会出生在这个时代，遇见黑船，受到冲击，也许本就是老天有意安排的吧。

但此刻，老天又再次让另一个男人上场了。嘉永七年（一八五四）一月十六日，半年前扬长而去的培里，这次率了九艘船组成的舰队再次前来。

阿部等幕阁为培里贸然出现而大惊失色。

培里似乎打算直闯江户，舰队已通过浦贺，正朝着江户湾前进。

江户城从上到下个个惶惶不安。

阿部终于命令浦贺奉行井户弘道说："先听听他怎么说，再告诉培里，我们愿意与之商议。"

——这位伊势守阿部正弘和其他老中们，早应料到会有这种结局吧，所以他们挪出了横滨村作为让培里登陆的地点。现在的横滨是个大城镇，然而当时不过是个小渔村。幕府在那里设置了临时接待所，决定日本命运的谈判就这样开始了。

日本这方派出幕府应接挂笔头[①]林大学头和应接挂部署五人，以及与力、同心[②]、通译等人。美方则由培里、康提率三十名人员前来，这次也是通过荷兰语翻译进行。

林大学头难掩紧张之色，相对的，培里则是一派轻松，表情泰然自若。

美方的要求与前一年相同，即是日本开放贸易。

"如果我方拒绝的话呢？"林大学头如此问道。

培里咧嘴一笑。"那就只有开战了。"他威胁说，美利坚所有的百余艘军舰，不需二十日即可集结到日本。

——事实上，培里撒了大谎。当时美国的军舰根本不足百艘，而且就算是蒸汽船，也不可能在短短二十天内穿越太平洋。

① 幕府末期官职，负责与外国接触谈判，笔头为其中之主管。

② 同心是附属在与力之下的职位，相当于与力的助手。

听到回报的老中们再次意见分歧。

“美利坚若是真心与日本交易，应该不会发动战争。”松平乘全试图分析培里的心理，但久世却予以反驳，他似乎不认为武力悬殊有任何问题。

“若是如此，不如干脆把培里驱赶出去。”

但培里的舰队备有大炮，相比之下，日本的铁枪已是过时的产物。

阿部苦涩地作了决定。“看来只有开国一途了。若是幕府能从与美利坚交易中获益，德川一脉就可永保天下太平啊。开国是为了我们大家啊！”

奉命防守的各藩尚不知江户城掌政者的挣扎，正在江户沿岸调集军队，以备随时抗战。

土佐藩负责品川海岸的守备，龙马和广之丞也在被动员的藩士当中。

但龙马心中有个大疑问：今天的日本若是与美利坚开战，真能守得住吗？

“如果培里现在来的话，我们该怎么跟他打啊？”

“龙马！”广之丞慌了，立刻左右查看周围有没有人听见。然而，龙马已被排山倒海的疑问占去了所有的注意力。

“武士究竟是干什么的啊？”

“嘘！别在这地方说这种疯疯癫癫的话！”

龙马无法平抚心中的疑惑，他离开岗位，急奔到长州藩邸。

“松阴老师几时回来？”

小五郎见到来访的龙马，表情颇为不耐烦。“他回来的话会通知你，我说过了啊！”

“他到底在哪里做什么呢？可恶！”

龙马还在坐立难安之时，松阴正以黑船为目标，在某条大街上疾行。“快点、快点，金子君。”

“是！”重之辅捶打着疲倦的身躯，加快脚步跟上松阴。

半平太再次写了意见书，呈给藩主丰信。上次受到丰信的表扬，半平太怀着充实的心情，再次起草第二份意见书，伸张攘夷的思想。

而加尾虽然仍热衷去上弥太郎的课，但弥太郎却失去了干劲，日日无精打采。归根结底，原因只有一个。

“老师，我也不能接受，他们竟然说老师的意见书派不上用场，城里的大人不了解老师的才华！”角落的桌子上，摆着弥太郎写的意见书。加尾虽然知道弥太郎学识渊博，但实际上，并没有读过弥太郎所写的内容。“不然，请让我拜读一遍。我想了解老师您的想法。”

“你想……了解我？！”

加尾回去后，弥太郎没进屋，一个人走到家门外。

“想求学问去不了江户，提出意见书又不受青睐。也难怪他这么失魂落魄。”美和了解弥太郎的心情，弥次郎却担忧他有什么万一，也跟着走出家门。弥太郎低头躬着背的背影，看起来仿佛未来一片黑暗。

“弥太郎，人这一辈子会遭遇的幸运和不幸一样多。我年轻的时候，每个女人都喜欢我，赌博的时候也百战百胜，所以现在才会不行了。你振作一点吧。”

弥次郎用他那套说法，试着勉励儿子。但弥太郎既不回头也没做声，弥次郎心想，别闷出病才好，于是在儿子身边坐下，特意用轻快的口吻说：“江户算什么！意见书又算什么。你从小到大没交过好运，所以未来一定……”

他朝弥太郎瞥了一眼，没想到他竟然是在傻笑。

“你、你笑什么！”

“爹，我在想我差不多该成家了。嘻嘻嘻。”弥太郎沉浸在喜悦中。

培里要求开放的港口，有浦贺、松前（北海道）、琉球（冲绳）等数地。林大学头初接下谈判任务时虽然紧张，但随着时间过去也渐渐笃定了下来，面对培里的要求，他以坚决的态度予以驳回。

“要江户开港难如登天。浦贺离江户太近，松前也有困难。”

“与我们开战也无所谓？”康提威胁说。

但林大学头毫无惧色，反而发挥巧妙的谈判术倒打了康提一耙，他露出安逸的笑容。“贵国不是那种野蛮的国家吧？”

相对于主掌政事的老中们的惊慌失措、拿不出一致主张，直接与培里对峙交涉的林大学头和浦贺奉行的官吏们，却是战战兢兢全力守住日本的威信。连外国人都称许他是个不能等闲视之的强大对手。

龙马第二天再次到长州藩邸拜访小五郎时，与从门内飞奔而出的小五郎撞个正着。

“坂本君，今日恕不奉陪。”小五郎似乎甚是焦急，竟然从龙马身旁侧身穿过。

“发生什么事了？松阴老师回来了吗？”

“不是！我另有要事。”

“你胡说！”龙马抓住小五郎的手阻止他，“你答应要帮我引见他的！”

龙马频频出现在长州藩邸，小五郎暗暗忖度，觉得恐怕很难打发他。于是他快速观望了一下四周低声说：“那么，你也一起来。我们去找松阴老师吧。”

小五郎将收到怀里的信，拿出来让龙马过目。“老师派人送了信来，信上说想搭黑船到美利坚去。”

“什么？！”

“若是被幕府发现就糟糕了，也不能让藩里知情。我们得早点找到他，阻止他的行动。”

“去搭黑船？”龙马还在发愣时，小五郎已经拔腿狂奔。龙马慌忙追在小五郎身后。

培里一行人此时正好在下田驻扎。如果想乘黑船，松阴应该会从离黑船最近的海岸搭小船出海。龙马和小五郎来到可以俯望大海的高地，从沿岸瞭望大海。大海远处停泊了九艘黑船。

龙马凝望着那几艘浮在海上、宣示军威的黑船，久久无法转移视线。

他和小五郎与傍晚愈来愈深的暮色赛跑，在海岸各处寻找。终于太阳沉入海底，夜空开始闪耀星光时，焦虑不堪的二人拨开草丛，来到下田的柿崎海岸。

沙滩上空无一人，浪花涌上岸边又再退去。乌云掩月、视线昏暗的海滩，小五郎竭尽所能地寻找松阴的身影。不久，他“咦”了一声，定睛看去，沙滩上停着一艘小舟，模糊中仿佛可见两个人影。龙马“啊”地轻呼，他应该也发现了。

龙马与小五郎蹒跚地在沙上跑着，直到松阴和重之辅的身影愈来愈清晰，他们才缓缓放慢了脚步，因为眼前的状况令他们完全莫名其妙。

松阴和重之辅两人正互打耳光，而且两人都打着赤膊。

“没什么好怕的！”松阴打了重之辅一耳光。

“老师也别怕！”重之辅也打回去。

“我们要去美利坚了！”

“是！”

正想朝松阴挥巴掌的重之辅，突然发现龙马和小五郎二人。松阴也大叫一声，两人同时跑到小船后躲了起来。

“老师，是我啊，我是桂小五郎！”

小五郎一出声，松阴和重之辅才先后从小船后方探出头来。小五郎跑近小船，在松阴面前跪下。

“松阴老师，千万别去啊。偷上黑船的行为太荒唐了。”

龙马也跪在沙滩上，两手扶地低下头，想一起阻止松阴。“是呀！没必要为了这种事丢了性命啊。”

“你是谁？”

“在下土佐藩士坂本龙马，多日来一直希望有缘见到老师。”

“为什么？”松阴一副困惑不解的表情，但此刻没有时间多说。龙马再次低头请求。

“我们是来阻止老师冒险的，求您千万别上船。”

“这怎么行，我们才刚下定了决心呢。是不是啊，金子君？”

“是……”重之辅无力地回答。

小五郎和重之辅是第一次见面，他讶异地望着重之辅。

“这位重之辅是商人之子，不过好学过人。当我说起异国的人情风俗，他便说他也想去，求我让他同行。桂君，你不是也曾兴趣十足地说，外国到底是什么样子，很想亲眼看看吗？”

松阴为重之辅和小五郎互相引介后，转向龙马。“坂本君有什么看法？你难道不想知道，在海的另一岸有些什么吗？”

“呃！”龙马把目光转向海上，大海一望无际，在那遥远的彼方有个美利坚。

松阴的声音里蕴藏着力量。“我想知道。我太想亲眼看看外国的模样了！现在黑船就在那里，坐上黑船就能到达美利坚哪，到那个比日本远远进步很多的文明国家！千载难逢的机会就在眼前，难道要坐视它溜走吗？”

见松阴说得如此热切，小五郎只得尽力说服。“老师，若是偷渡之事被查获，您是死罪一条啊。就算您成功到了美利坚，可是再也不能回日本了。”

别说是去外国，上到黑船之前都可能被逮捕。就算顺利上船，美利坚人八成也会拒绝让他搭乘。

“那也无所谓。就算那样，也比什么都不做来得有千倍、万倍的价值。我不怕死，只要能上船，生死我不在乎！”

松阴燃烧般的意志连龙马也深受感动。但是，小五郎是松阴的弟子。

“我不想失去老师。”

“桂君，我也不愿与你分别，但为师有一句话要送给你。如果你真的对外国那么有兴趣，应该会和我做同样的事情，但你不是。为什么呢？你怕被杀吗？怕回不了日本吗？还是舍不得离别呢？这些都只是借口罢了。”

小五郎的本家是长州藩的藩医。松阴点出小五郎就是因为环境优渥才能向学问之道迈进，但也因此而事事瞻前顾后。

“在这世上，有太多事不论读多少书也参不透。你看，我便没有任何借口，不管会面对什么样的命运都不在乎。而我现在必须做的，便是坐上黑船到美利坚去！”松阴摊开双手，仿佛在说自己已有心理准备，甘愿承受一切后果。

“老师，月亮出来了！”

重之辅仰望夜空，月亮从云缝间露出脸来。浸润在月光中，停泊在海上的黑船就像海市蜃楼般晃荡着。

“哦哦！”松阴欢呼起来。它犹如一个信号，重之辅把小船推进海里。“桂君、阪本君，谢谢你们为我操心。但是，我现在全身上下都因欢喜而颤抖。我要去美利坚啦！”松阴踢开沙子向前跑。突然，龙马在背后叫喊：“老师，能不能、能不能带我一起走？！”

松阴停下步伐回头。

“刚才听了老师一席话，我真是惭愧极了，这些日子我一直想不透自己该做什么，光只烦恼剑术是否还派得上用场。不过，这些都不重要了。我也想跟随老师的脚步。”

但龙马激情的想法却被松阴浇了一盆冷水。

“笨蛋！”龙马冷不防吃了一记耳光，愕然地望着松阴。

“坐上黑船到美利坚去是我的使命，与你无关。你是什么人？为什么来到这世上？你的使命又是什么？”

龙马被问得一时语塞，脑中拼命寻找答案。

“别想！只要看清楚你的心！”

“心？！”

“没错，你的心里应该早有答案。”

重之辅先上了小船，呼唤着松阴。

“桂君，再会了。如果我能活着回来，定能再次重逢。坂本君，多想无益啊。”

松阴跳入船里，一面用手划水，一面催促着重之辅。“黑船就在眼前啊。”

重之辅使出全力摇着船桨前进，而松阴划水时喜悦的笑声，随着船只愈来愈远。

“黑船，黑船，美利坚，美利坚！”

难以置信的景象。龙马坐在沙滩上，与小五郎默默目送小船驶远。

数日后，龙马来到酒馆小憩，但邻座吃饭工匠闲谈的内容，让龙马连酒都忘了喝。因为那几个工匠说出了“吉田松阴”四个字。

“听说他上了黑船却被拒绝。”

“他还自己向奉行所投案呢。”

“那家伙不知道怎么想的。”

工匠们扬起了笑声。

松阴与弟子重之辅那一夜摇桨划到了黑船，向培里禀明自己的来意。

“没想到日本会有如此的人物，但真是遗憾哪……”培里虽然有意协助松阴，但忧虑此举会影响日美关系，因此拒绝他上船。

街头巷尾的传闻自然不会知道这么多。但龙马坚信一点，那就是松阴挑战黑船，也测试了自己生存的价值。龙马仔细思考着，茫然地望着桌前，突然间他仿佛从沉睡中清醒般抬起脸。迷惘消失了，眼前豁然开朗。

龙马步履坚定地走向千叶道场，他已不再迷惑。

这一天，道场里依旧进行激烈的对战练习。龙马心意已决，走进道场跪在定吉面前。

“定吉师父……我知道自己错了。无意间，我把剑当成了一个工具，能否对抗黑船不在于剑，而是要看我坂本龙马这个人。师父，请您原谅我，我想再一次、再一次在这道场修炼。拜托您。”龙马深深地低头请罪。

重太郎十分佩服，佐那也深受感动，蕴藏着真心的目光望向定吉。

定吉依旧神情严厉地凝视龙马半晌，表情才渐渐缓和下来。“看来花了不少工夫，既然明白了还跪在这里干吗？”

龙马抬起头，眼神坚定地凝视着定吉。两人目光相接。

“快去准备练剑。”

“多、多谢师父。”

佐那喜出望外，重太郎也卸下了心头的重担。

拿起多日未碰的竹刀，龙马与其他弟子生龙活虎地拼斗了起来。定吉、重太郎和佐那深深感受到，龙马不仅更趋踏实稳健，也像蜕了一层皮般脱胎换骨。

——安政元年（一八五四）三月，日本与美国终于来到缔结合约的阶段。虽然民间指责日本对美国言听计从的大有人在，但我认为，在那种不利的情况下，幕府算是打了漂亮的一仗。不过，此举无异也宣告德川幕府的锁国政策就此结束。从这一刻起，日本的历史即将翻天覆地。

此日美友好条约签订后，幕府即允许美利坚船除长崎之外，可停靠箱馆（函馆）和下田港，并能补给燃料与食粮。自条约缔结的那一天起，长达约两百二十年的锁国政策画上了休止符。

热烈期盼渡海赴美的吉田松阴，虽然逃过死罪，但仍旧被押回长州。松阴坐在囚笼中游街示众时，聚集了一大群看热闹的百姓。

“我没有借口。”松阴坐在囚笼里，依然抬头挺胸。

日美友好条约缔结前早些时候，土佐高知城里，藩主丰信正批览半平太提出的意见书。

“吾国未来前途绝不可系于幕府之手。保护我日本者，除土佐名君山内丰信公，谁可为之？”

摘要读完部分意见书后，丰信哼哼嗤笑两声。“这么吹捧我，听得我都不好意思了。”

丰信点名拔擢、升任参政一职的吉田东洋随侍在侧。

“姑且不论内容如何，武市这人对大人倒是忠心耿耿。”

“不过，东洋，这家伙不是上士。”丰信舍弃了半平太的意见书，尽管当初他不问身份高低广征意见，但在土佐，上士、下士的阶级意识已是根深柢固了。

同一时候，不知何故浦户町有家叫多贺屋的米店，突然派人要弥太郎过去一趟。弥太郎前往米店的途中，迎面遇见了半平太。

“米店为什么要找你？”半平太讶异地问。

“大概觉得我才华出众，所以准备白饭要请我去吃吧。”弥太郎不假思索地胡乱说道。

半平太此行却是蒙东洋之召，正要前往高知城。

“能与藩内重臣直接见面，真是荣幸之至。今后土佐藩该何去何从，我一定要趁这次机会，抒发我的看法。”

“藩内重臣怎么可能找下士去？我看一定不是什么好事。”弥太郎还是不改他尖酸刻薄的口吻。

到了多贺屋报上姓名，弥太郎被领进一间豪华的房间，受到高规格的礼遇。店主多贺屋久右兵卫进来招呼，弥太郎掩藏住怯懦，表现得泱泱大度。

“在、在下岩崎弥太郎，请问叫我来有何事？”

“是这样的，我拜读了您的这篇大作。”久右兵卫拿出绢布包袱，在弥太郎面前打开，里面放着弥太郎写的意见书。

“土佐盛产柴鱼片、樟脑等物，这些产物应大量向他藩倾销。如今攘夷开国混沌未明之际，正应该多多赚取金钱，以备非常之需。岩崎先生所写的意见，我等从商之人看了真是拍掌叫好。”

“请问是从何处得到我的意见书？”

“哦，是平井收二郎先生的妹妹交给我，要我务必一读的。”

“啊？是加、加尾小姐吗？”

“岩崎先生，若您有意往江户去继续向学，需要多少费用，由我多贺屋负责筹措。像您这样的人才未来一定不可限量。”

“什么！”做梦也没想到，多贺屋会对弥太郎如此支持。交给加尾的意见书，竟招来意想不到的好运。

同一时刻，半平太进了高知城，在东洋面前平伏行礼。

“我是吉田东洋，前些日子你呈给藩主大人的意见书我也看了。你赤胆忠肝为土佐着想的心意，着实令人敬佩。”

“谢谢大人。”

“不过，你真心认为日本能驱逐得了外国人吗？”

“……您的意思是？”

“我国的船只到不了西洋，而西洋人的船只却能易如反掌地来到日本。由此可见，两方实力差距甚大。”

东洋的见解让半平太相当意外，他慷慨激昂地予以反驳：“吉田大人难道愿意眼睁睁看着神州日本遭到外国人蹂躏？我们一定要断然驱逐外国人，我们一定能做到。”

东洋大失所望。“原来你只有这点程度。幕府已决定开国，日本不能再像以往那样下去了，连这一点都不明白……”

“您的意思是下士不该插嘴政事吗？反正这种待遇我们已经习以为常了。”

“够了，下去吧。”东洋不得不下逐客令。

半平太强忍着不甘的泪水，咬牙退了下去。

不知道是不是命运的捉弄，失意与得意在此刻一消一长。同一个时间，弥太郎流下的是欢喜的泪水。

“我能去……江户……”

对弥太郎来说，这真是求之不得的好机会。

这一年的五月，土佐藩允许龙马江户修炼的时间结束了。

虽然心中不舍，但他必须告别千叶道场，回到土佐去。

“一年来，承蒙师父悉心栽培，弟子铭感五内，在千叶道场一年零一个月的修炼，绝不会白费。”龙马平伏在定吉和重太郎面前向两人辞行。

定吉对龙马学习才一半便得离开，感到十分惋惜。“北辰一刀流博大精深，你才领略一二，修炼千万不可就此放弃。”

“弟子知道。”

重太郎对龙马有着比其他同门子弟更深的情感。“坂本，再来江户吧。下次你一定能取得目录[①]，一定要再回来呀。”

“谢谢重太郎兄。”

重太郎眼眶含泪，不住点头。

打算由道场直接踏上归途的龙马，已换上了旅行的装束。离去前，他站在门口想再看道场一眼，正好看见佐那穿着道服在擦拭地板。佐那额头微微冒着汗珠，沿着地板的木纹，将抹布从前端直推到尾端。她是那么专注用心，仿佛已进入无我的境界。

佐那擦完地板，喘口气，无意间朝大门瞥了一眼，却看见龙马一直看着自己。

“你在这里啊。”龙马走进道场，佐那调整自己的情绪，开始在水桶里洗手，“谢谢你的照顾。我很珍惜在这里修炼的时光，真是感激不尽。”

“你就要走了吧，回到土佐后，也千万别怠慢修炼。”

“我打算一回去立刻向藩里提出申请，要求再回江户修炼。”

---

① 幕末各剑术道场在弟子修炼达最上乘时，授予该流派理论目录，相当于证书。

佐那的眼中闪耀着光芒。

“请佐那小姐好好保重，直到下次相逢之期。”

“你真的会回来吧，一定要回来哦。”

“好的，一定会。”

“那我们拉钩。”佐那走近，向龙马伸出小手指。

龙马吓了一跳，迟疑一会儿，他浮起微笑，用自己粗硬的小指钩住佐那细嫩的小指。“手指钩钩立下誓言，说谎的人要吞千根针。”

和像孩子一样念着儿歌的龙马钩着小指，佐那的心怦怦直跳。

“若是说假话，真的会要你吞针哦。”一瞬间，佐那露出恐怖的表情。

“果真是千叶的罗刹美人啊。”

“我才不是罗刹呢。”佐那发起脾气，逗得龙马哈哈大笑。

龙马向道场挥手道别，起程回到出生的故乡，浑然不知当他为练剑彷徨迷惘之时，佐那也失掉了她的霸气。

“开始讲课以前，我有话对大家说。”

半平太的视线扫视着武市道场里的收二郎、以藏、龟弥太、清平、卫吉、茂太郎、吉村虎太郎等人。

“德川幕府屈从美利坚的要求，最后废止了锁国政策。如今这种情势，如果我们不行动起来，国家就要灭亡了！”半平太坚定了自己不可动摇的信念。

弥太郎得偿宿愿，决定前往江户。

“加尾小姐……多亏你的帮忙。”弥太郎深深地表达了自己的感谢。

加尾很高兴自己能为老师尽一份力。“岩崎先生，到江户之后，请务必保重。”

“加尾小姐！”弥太郎走近加尾身边，“和我一起……去江户吧？”

“什么……”

“请你嫁给我吧。”

加尾惊讶得说不出话来，瞪大眼睛看着他，仿佛弥太郎是个深不见底的洞。

第七章　遥远的纽约

——安政元年（一八五四）六月，结束江户剑术修炼的龙马，回到十五个月未见的土佐。

离家多日的龙马，连行李都来不及打开便立即两手扶地，俯首向家人请安。权平脸上尽是感慨。

“平安回来比什么都重要。”

“抬起头来。”

听到这话，龙马抬起头看向一向严格的父亲。八平情绪激动得一时说不出话来。

“怎么觉得好像多了点男子气概……”千野微笑说。

乙女心里也很激动。“龙马，你这次可见识到了这个世界吧？！”

“江户的人形形色色，他们有各种各样的生活方式，想法也都千奇百怪。这次能到江户去，真是太好了。”龙马看起来明显成长许多，他以一种谦和的风度，从怀里取出一封信放在八平面前，“这是千叶定吉师父要我交给您的。”

只要是在剑术上稍有进步的弟子，千叶定吉都会给予亲笔信函，八平感激地接过信，将内容大声读给家人听。

“坂本龙马君有学习剑道的天分，请让他再回江户继续修炼。千叶定吉”

“天下闻名的千叶道场也称许你的努力呢。”

乙女感慨颇深，伊与则夸赞龙马的努力。

“父亲大人，我希望能继续钻研剑道，请您允许我再次到江户修炼吧。”

龙马俯身请求，乙女和其他家人五味杂陈，不约而同把眼光投向八平。八平点头微笑。“权平，赶快去向藩里申请。”

“……是。”权平欲言又止。

龙马心情轻松地到镇上去后，家人们集合在八平的房里，八平或许是深有所感，再次拿起定吉的信反复翻看。

“没想到以前那个爱哭鬼龙马已经……”

权平、伊与、千野和乙女七嘴八舌地劝八平，把龙马返回江户之事缓一缓。

“你看龙马这么干劲十足，而且是他自己说想去……”突然间，八平抚着左胸，脸色苍白地呻吟起来。权平等人立刻扶住他的身子，八平才慢慢稳定下来，他对家人说：“我没事，不用担心。别对龙马说起，千万别让他知道。”

龙马说到亲眼看见黑船的经历，收二郎、以藏、龟弥太、清平、卫吉、茂二郎等人惊呼连连，武市道场喧闹成一片。

“黑船啊，开动时会吐烟。上面装了蒸汽机，是西洋的技术。”龙马把自己亲眼所见的景象一五一十地描述出来。

半平太目光锐利地直视龙马。“那些事别说了。幕府为什么会开国？为什么不贯彻锁国？”

“就是说啊，而且还照着美利坚的话做！”收二郎出声附和。

这种反应让龙马十分意外，以藏和其他人也心急起来，仿佛龙马错失了什么难得机会似的。

“你怎么不把那些蛮夷全杀光呢！龙马，你在做什么啊！”

龙马看了一圈以藏和其他人的脸，目光最后停留在道场的墙壁上，那里贴着的，是“攘夷”二字。

“攘夷……”

看龙马喃喃自语，收二郎得意洋洋地说：“武市老师现在是土佐攘夷的领袖了。”

不知不觉间半平太成了攘夷的领袖，还是众人拥戴的老师了呢。龙马望向半平太，眼神中存着疑问。

“龙马，你懂不懂攘夷的意思？”

“就是把到日本的外国船驱赶出去……”

“没错。现在，美利坚、英吉利、俄罗斯、法兰西等西洋各国侵略我日本，打算将日本占为领地。我们必须击退那些蛮夷。”

“且慢，武市兄。”

龙马一如以前的习惯称呼半平太，却被卫吉严厉指正。“要叫武市老师！”

从前意气相投的伙伴变得仿佛完全陌生，龙马一时之间有点意会不过来。

“武市道场现在已经不是单纯练剑、做学问的地方了，更是大家为了将异国赶出日本，立誓实现攘夷而团结聚集在一起的地方。”

半平太对自己的想法，似乎坚信不疑。龙马走出武市道场后，惊讶的情绪依然难以平复，于是邀约以藏到茶馆的棚子下坐坐。

“武市兄成了攘夷先锋，怎么土佐也开始攘夷了吗？”

“你在说什么傻话？现在全日本哪个人不支持攘夷啊？武士怎可能输给那些蛮夷啊！”

不知道黑船威胁的以藏，悠然自得地吃着团子。

“那黑船就像怪物那般巨大呢，那么大的玩意儿要用什么打啊？”

“别……别问我呀。这么难的事武市老师会想出来的。”

以藏突然急急忙忙地说家里还有农务要做便回去了。龙马疑惑地目送以藏离去，却在来往行人间看见了加尾的身影。

“你还好吗？”

“好……江户怎么样？”

龙马与加尾有些不自在地相互问候。加尾和当时的少女一样梳着岛田髻，当时的习惯，女子出嫁后都得梳丸髻。

“我回绝了与唐木大人的亲事。”

“什么？”

“我想学习知识。”

“跟谁学？”

“岩崎弥太郎先生。但是，为了某些原因，已经不再去了。”

“某些原因？”

“反正与龙马哥无关。”

龙马纳闷地“哦”了一声。这一趟回乡，没想到发生了这么多意想不到的事。

"……是吗？婚事拒绝了啊。"

龙马心中虽然疑惑但同时也有些安心，甚至对加尾萌生出淡淡的期待。

弥太郎的弟子为五郎与鹤吉，当初看起来虽然是朽木之材，不过现在已经能把《日本外史》念得朗朗上口。垂着鼻涕的弟子们如此拼命学习，弥太郎的心却远远飞走，回想着那天的情景。

（加尾小姐，和我一起……去江户吧？请你嫁给我吧！）

弥太郎赌上最大的勇气说。

（多亏加尾小姐把我的意见书拿给米店老板，我才有机会到江户去。没想到小姐一直为我着想！若不回报小姐的心意，我就不是男人了！）

（对不起！）

加尾跪下来俯首道歉。

（没想到让先生会错了意……我对先生从来没有其他的想法。我……我……）

（……是龙马吗？）

（告辞了。）

弥太郎不死心地呆呆望着当时加尾离去时甩上的门。门倏地打开了，有个人逆着光站在门口，刺眼的光线让弥太郎眯起了眼。

"哎呀，真不好意思。你们正在上课吗？"是龙马的声音。

龙马亲切地与为五郎和鹤吉聊天，并目送这两个正要回家的孩子离开。

“你来做什么？”

“来跟你说说江户的事啊。”这是龙马在多度津渡口与弥太郎约定好的事。虽然一个在海上，一个在崖顶，两人的呼喊都没有传到对方耳里。

“惹人烦的富家子学有所成地回来啦？龙马，吉原逛得如何？应该是美女如云吧。”

“我到江户是去修炼剑术，不是玩女人。”

“是因为心系土佐的未婚妻吧。”弥太郎狠狠地瞪着龙马。

“未婚妻？你在说什么啊？”

“反正你将来也只是在土佐安分守己过日子，但我可就不同了。我要站在下士的顶端。不，那种梦我不屑做了，我要成为推动日本的人物。土佐的女人，全都送给你算了。”

一边发下豪语，弥太郎的胸口一边涌起了热流。但龙马完全摸不着头脑，不知弥太郎为什么如此激动。看到弥太郎往屋外走，便追了上去。

弥太郎猛地回头：“不准跟来！我要到河田小龙老师那里去。”

“河田？那是谁？”

河田小龙是狩野派的画师，也是一名兰学者①，他曾写下《漂巽纪略》记录约翰万次郎②的经历。此外，他还曾行脚至萨摩，见到萨摩藩建设的反射炉，对西洋事物相当了解。

① 兰学指的是在江户时代，通过与荷兰人交流而传入日本的学术、文化、技术的总称，字面意思为荷兰学术，可引申为西洋学术。

② 又名中滨万次郎，原是土佐的渔夫，天保十二年（一八四一）遭遇海难，被美国捕鲸船救起，后在美国滞留约七年，接受了美国学校的教育，嘉永四年（一八五一）被美船送还日本，回归故里后又被请出，从事外国使节书信的翻译工作。

“带我一起去吧。土佐有这样的人物，我也想听听他说的话。”

“谁要让你见他！我一个人去！”弥太郎加快步伐，想把龙马甩在后头，但龙马充满了好奇，拼命跟上前去。

这一天，正好是河田小龙讲课的时间。才一会儿，来听讲的武士已经聚集了满满一屋子。一个年轻人走出来手脚轻快地开始安排诸事。龙马觉得这个人挺面熟的。

“你不是长次郎吗？”

“坂本先生！”

他是城下包子铺的儿子，就是后来的近藤长次郎。

“你怎么会在这里？”

“我是小龙老师的弟子，老师讲课时我就来这儿打杂。”

听长次郎说，每次讲课，屋里都是这样挤得水泄不通。没过多久，又有一个人进来，是半平太。半平太自在地坐在最后一排。

小龙走进房间，开讲前猛吸了一大口气才开始说话。“纽约，是美利坚某个城镇的名字。”

站在小龙身旁的长次郎把准备好的纸卷摊开，纸上用墨写了“NEW YORK”,下方还以假名标出了“纽约”的读音。

“美利坚土地肥沃，世界无其他国家可与之相比，它与东西南北各国交易，也就是做买卖。而且，统率国家的总统，并不像德川将军家是代代世袭的职位，他们的总统，是由人民推举学识品格兼优的人士出来担任。就算是出身商人或百姓家，都有可能当上总统。”

塞满整个屋子的武士，不断发出不满或惊讶的声音。

“对，这是日本人无法想象的。但现在这样的国家派了好几艘黑船到日本来了。”

半平太从最后一排大声质问：“老师想说的是，美利坚比日本还优越吗？”

“不是我想说，而是事实。”

近半的武士愤愤不平地大骂“简直荒唐”，就离开了课堂。

小龙不动声色继续讲课，他把挂在墙上的卷轴松开。展开的卷轴中画着龙马这辈子从没见过的图像，那是世界地图。

小龙指着地图中的一个位置。“这是日本。站在世界的角度来看，日本只是个绿豆大的岛国。”

龙马惊讶地纵身而起。其他武士却交相指着小龙骂道：“你是开国派的吗？”“日本只有攘夷一条路可走！”

小龙对这种反应似乎习以为常。“动不动就攘夷、攘夷。攘夷也好，开国也好，我根本无所谓。”

这句话惹火了一群武士，纷纷离席走出屋外。本以为人都走光，课可以结束了，但位置上竟还剩下三个人。龙马一脸迷惑，弥太郎直打哈欠，半平太则直视着小龙。

小龙一个一个看着他们三人。

“哦？还剩三个人，真是难得啊。”

“您说攘夷也好开国也好都无所谓，究竟是什么意思？”半平太追问。龙马也充满期待，想知道小龙会如何回答。

“意思是，日本人心里怎么想就怎么做。”

小龙拔了一根鼻毛，鼻子突然发痒打了个喷嚏。一副瞧不起人的态度，让半平太的脸色阴沉了下来。

“老师想必从那位因渔船遇难而远渡美利坚的中滨万次郎那里，听到很多那个地方的风土吧。”

“没错，老实说非常有趣。”

“别人称你是土佐第一博学之士，我本来以为既然学了美利坚的知识，那么当然一定能制定出攻破美利坚人的战略。看来我的期待错了。不过，你这还算是日本人吗？”半平太把放在右侧的刀移到左侧，手触刀鞘，似乎随时都可以拔刀。

“武市兄！”龙马阻止，紧绷的气氛令长次郎也跟着紧张起来。

“哎呀！烦死了。”弥太郎不耐烦地打断他们的谈话，“欧罗巴发明蒸汽机后，蒸汽船出海走遍世界，从那时候起，世界就已经改变了。不可能只有日本一直像现在一样，一成不变。”

弥太郎的解释简单明了。龙马大为惊奇，弥太郎这小子待在土佐，是怎么了解世界情势的呢？半平太则是咬牙切齿地说：“这有什么了不起！”

不过，弥太郎还留有一句话没说：“这就是老师想说的。”

弥太郎很精彩地说出小龙讲课的重点，而非他自己的看法。半平太锐气大挫，小龙哈哈大笑。

“你这小子似乎很聪明嘛。”

“不过，日本的未来与我无关，我只想听你讲讲，怎么样才能让我变得伟大。”弥太郎心里所谓的“伟大”，跟“有钱”是画上等号的。

就算一贫如洗，但弥太郎还是个武士。

“武士怎么可以老想着钱！”半平太想指摘他，却被弥太郎堵了回来：“不懂穷人痛苦的人，给我住嘴！”

小龙笑着帮弥太郎说话。

“原来如此，你的话也颇有道理。不过，你犯了一个很大的错，想有钱别来问我，去问有钱人吧。”

龙马和弥太郎重新打量屋内，拉门上破了好几个洞。

小龙指着弥太郎说：“你也不合格。”

“什么不合格！”弥太郎拿起刀。

“弥太郎，住手！”龙马紧张至极，但小龙似乎没把刀放在眼里，他猛然起身。“今天就到此为止。啊，如厕去，如厕去。”

小龙迫不及待冲出门外，长次郎也跟在身后出去。剩下的龙马、半平太、弥太郎三人，只好离开小龙的家。

“可恶，一副瞧不起人的模样。”弥太郎还在生气。

“原来土佐也有这种奇人。”小龙不按牌理出牌的思考方式，似乎对龙马相当有启发，但高喊攘夷的半平太十分不以为然。

“有什么好佩服的？那种败类就是空有学问、胸无大志者的典型。”

三人走出玄关时交谈的内容，刚好被待在一旁茅厕里的小龙听到。三个人不知小龙蹲在茅厕里偷听，半平太还责备起弥太郎刚才说的话。

“你刚才说的话也不对，什么叫日本的未来与你无关？”

“等等！你们两个别吵了。”龙马连忙出面阻止，然而弥太郎已开始自比为鲸鱼。

“鲸鱼不论什么时候都能在海中悠游自在，只有小鱼才会因为海涛汹涌而忧心忡忡。”

“你是指我吗，弥太郎？”

“真是一点就通啊，武市兄。”

半平太终于还是跟弥太郎扭打起来。

“住手！”龙马大喝一声，被他的威力震慑，半平太与弥太郎终于安静了下来。

“弥太郎，黑船可是会在大海掀起滔天巨浪的，连鲸鱼都要逃之夭夭。武市兄，大海打上来的巨浪，你能用刀逼退吗？”龙马轮流看着两人，“我在江户时学到一个道理，迷惑自己的敌人恰恰就是自己。小龙老师想说的是，尽管美利坚、英吉利、俄罗斯等众敌当前，但我们心里应有无论如何都要保护日本的准备。所以他才会说，管它攘夷还是开国都无所谓。”

“现在轮到你来教训我吗？”半平太苦笑。

弥太郎张开嘴笑了起来。“真有意思，原来到江户就学了满嘴歪理回来。这样看来，愈来愈让人期待了呢。”

有什么好期待的？龙马和半平太一脸讶异。

“其实，有人愿意帮我岩崎弥太郎出钱，我不久也要到江户去了。”

“真的吗？弥太郎！那真是太好了。”弥太郎就算冒险伪造通行证也要去江户，现在能一偿夙愿，龙马打心底里为他高兴。可是弥太郎嘴巴依旧不饶人。

“武市老师就在土佐号召下士，慢慢玩吧。”

弥太郎一脚踩了半平太的痛处，一边喊着“我赢了武市半平太啦！”回去了。

想去江户不能如愿的半平太，听了这话更是一肚子火。“你想去就去啊！”说着便循另一条路走了，留下龙马一个人左右为难。

蹲在茅厕的小龙津津有味地听着三个人的对话，龙马尤其让他觉得好奇。于是向长次郎问起龙马的事，长次郎对从小就向他买包子的龙马印象深刻。

“小时候他是个爱哭鬼，还会尿床。不过，他总是在思考与自已无关的事，剑术也愈来愈精湛了，还有某种奇妙的风格，真不知道之后会变成怎样。”

“奇妙是说？”

“看上去一脸聪明，但其实也没想什么重要的事。但有时却是言辞犀利、一语中的。虽不与同伴为伍，但也并不总是自己一人。”

“你观察得还真仔细呢。”小龙大为惊讶，长次郎却神情自若地回答：“因为弟子是商人之子啊。”

坂本一家人都听过河田小龙，知道他是位远近驰名的画师，曾画过京都二条城的袄绘[1]。

“二条城？！这世上真有如此多才多艺的人啊。”

在龙马眼中，小龙不仅是个画师，更是个思想开明、性格独特的理论家。

吃饭时大家聊起关于小龙的话题，但八平却很少动筷，之后也只喝了一点茶。

“是不是身体哪里不舒服啊？”龙马问八平，乙女、权平却抢着说是因为今天的菜口味比较重。

“真的那么重吗？”龙马只觉得味道与平日差不多，歪着头正纳闷，忽然外面传来“有人在吗”的呼唤声。声音很耳熟，原来是河田小龙不请自来。

① 日本大宅内隔间拉门上的绘画，有时可扩大到连续十几扇门。

家人们都把小龙当成大人物，不过这位客人拿起斟的茶便一口喝下肚，还出人意料地要求“再来一杯”，令八平等人都有些无所适从。

“请问……先生今日有何贵干？”八平客套地问道。

“我经常到处寻找有趣的事物。不管再怎么不起眼的事，只要有趣，我就会一边想着，一边就跟过来了。哇哈哈。”

小龙自顾自地笑起来，龙马等人却不知有何处可笑。清了清喉咙，小龙冷不防地进入正题。

“你把黑船比喻成海上涌来的大浪，对吧？那是什么样的浪？能不能说给我听听？”

“什么样的浪？让我想想。”该怎么形容才好呢，龙马觉得词穷。权平和乙女等人也都对“黑船”和“浪”兴趣盎然，催着龙马快点回答。

“嗯哼哼……”突然间，八平按住胸口，痛苦地倒在草席上。不论怎么呼唤他，他都只是呻吟。

差人去叫熟识的医生，没想到就在这么紧急的时刻，医生却钓鱼去了不在家。

“我有个认识的医生，住在南町。”小龙说。

“我去请他来！”

乙女还没来得及起身，小龙已经往外跑去。“不，我去快一些。”才一转眼他已经冲出屋子。

八平从半年前心脏就有些不适，医生诊断后认为恐难治愈。八平的病况和家人刻意的隐瞒，深深地刺伤了龙马。对龙马来说，八平是他心中最大的支柱。

“姐姐，为什么不派人通知我？”

千野看到乙女被龙马责备，立即挺身为乙女辩解："是父亲要我们不能告诉你。"

伊与也插嘴："你父亲说，不能打扰龙马在江户的修炼……"

然而龙马还是无法接受这个解释，终于，乙女积存已久的伤痛爆发了。"这不是理所当然的吗？你难道不明白父亲的用心良苦？！"

屋里，小龙一直陪伴在八平病榻旁。龙马轻轻地开门进屋，端详着八平的睡脸。"我……我什么也不知道，只顾自己在江户快活。"

小龙欲言又止地看着龙马。

八平沉沉睡去，望着熟睡的父亲，龙马不禁热泪盈眶。

第二天一早，弥次郎、美和和妹妹早纪背着年幼的弥之助，一同为弥太郎送行。

"江户路途遥远，弥太郎，你要多注意身体。"

家贫但仍不忘苦学的弥太郎，终于获得了大好的机会，美和虽然喜悦，但也为儿子长途跋涉到陌生土地上生活而忧心。

老师出远门，为五郎与鹤吉也都来为弥太郎送行。

"为五郎、鹤吉，我不在这段时间，你们可要用功读书。"弥太郎端起老师的架子，谆谆叮嘱，两个孩子霎时红了眼睛。

"你的私塾里不是有个女学生吗？怎么没来送行？"弥次郎偏偏提起不该提的事。弥太郎无言以对，重新调整心情用明朗的声音说："这种小事没什么好提的。好了，那我该走了。"

美和和早纪对着弥太郎的背影一直叮嘱着"保重啊"、"早去早回”。

“弥太郎……”弥次郎的低语转为哽咽。

尽管父亲爱赌博、打架，但父亲的呼唤还是令弥太郎心酸。弥太郎带着众人的牵挂迈上了旅程。

离家里不远的农路上，还有个人也在等着送行。

“龙马！”

“今天可是岩崎弥太郎的大日子啊。”

“你没必要来送行的。”

“到了江户，可别忘了一家大小。要打起精神，平常多注意身体。”

“我那老爹命硬得很，就算要杀他也杀不死。”

本以为会就这么分别，但弥太郎突然回过头。“我到了江户一定能扬名立万，恐怕以后跟你永远不会再见了。”

为什么不坦率一点呢，龙马心情复杂地目送弥太郎远去。

回到坂本家，刚起床的小龙正衣衫不整地喝着味噌汤。

“多亏老师及时找来医生，才保住家父一命。”龙马向小龙大礼答谢，权平和其他家人也都从心底感谢小龙。

小龙一直没停地吃着早餐。

“啊，真可口。吃完早餐还真想洗个澡。”

正帮小龙添饭的乙女，错愕地“啊？”了一声。

“那种危急的时刻，我正好在此也算是一种缘分，就在这儿多留几天吧。”

正在倒茶的千野也“咦？”了一声，抬起头来。

“你们家住起来真舒服。”

“您不嫌弃的话请尽管留下来。”权平最先表示欢迎。小龙是八平的救命恩人，乙女和千野自然也没有异议。小龙受到亲切的款待，非常开心。

“好、好。对了，龙马，黑船卷起的浪，是什么样的呢？”

“这……”龙马惊异极了。小龙突然劈头就说起前一天的话题，而且连权平、乙女、千野都满怀期待，希望他继续说黑船和海浪的事。

龙马说了半天。

“……听不太懂。”

众人大感失望，小龙更是不满意。

“不是你自己拿海浪来比喻的吗？”

“的确是这么比喻的呀，真的是好大的浪啊。”龙马比手画脚，试着想把见到黑船的那一刻描述出来，“咚咚咚咚的，我以为黑船就要撞上来了，谁知它却掀起一阵大浪把我卷进海里，我几乎以为自己的小命就要没了。”

“你在那么近的地方看到黑船的呀？”乙女的情绪因好奇而高涨。

“就在眼前啊。”小龙把菜饭推到一边，膝盖往前挤了两步，“黑船，是什么模样？”

权平、乙女、千野全都弯身向前。

龙马试着找出词句，但就是说不清楚。“看看这张也许比较清楚。”龙马从怀里拿出两张纸，一张放在小龙跟前。那上面涂鸦似的画了什么。

“这是……”

“黑船。”

龙马不好意思地拿出了他有点幼稚的图画，乙女一句“画得真差”，让他觉得有点受伤。

小龙专注地看着那张稚拙的画。画上还标示着“大炮”、“铁锚六个”、“水车”等文字。

“另一张呢？”

小龙催促时，龙马把另一张画藏在背后。“哎，这张就免了……”

“快拿出来。”

在权平的命令下，龙马勉勉强强拿出纸。看起来好像是模拟的设计图样。

“我在想黑船的构造是什么样的。”

一直注视着那张稚拙的设计图的小龙，突然抬起眼睛看着龙马。“你为什么想知道？”

“这个……若是能造一艘就好了。”龙马战战兢兢，不知道会有什么反应。

果然，千野和乙女接连惊呼出声。

“造一艘？”

“黑船！”

权平拍了下膝盖。“对呀！日本造了黑船，就能给美利坚一点颜色瞧瞧。”

“不是的，我讨厌打仗。”龙马立刻否认，但他在江户写回来的家书中，还曾发下豪语说要“取异人之首级”。权平、千野揭穿了这件事，龙马登时哑口无言。

“龙马在江户多了许多见识，想法翻来覆去，有各种想法也是自然的。对不对啊，千野姐。”乙女帮忙说好话。

“说得没错，不可以随便下结论哪，老爷。”千野立刻把错推给权平。权平身为男人哪受得了这种气，立刻回了一句："你才是呢！"夫妻俩转而斗起嘴来。

龙马见话题转开，松了一口气，倒是小龙抬起眼来看着龙马细细观察。

日头西沉，快黄昏时，龙马拉下了八平屋里的雨窗。

"龙马，我听权平说了，听说你想造黑船？"

"嗯……"

"造了做什么？给谁坐，去哪里？"

"我还没有想那么远。"

八平微笑。"龙马，不要担心我。你应该练剑、读书。武士若是忘了充分磨炼自己，不断努力上进，就没有活在世上的价值了。活在这个世上，就得把自己的生命燃烧殆尽。燃尽生命……为人生画上句号。每个人的寿命都有终点，我们都得要面对这一点。"

龙马心中涌起激烈的情感。"父亲大人，我现在仍然一事无成，没有什么成就可以献给您看，所以请您一定，一定要长命百岁。"

"龙马，你到江户一趟，已经一天天地长大成熟了，又回到了家乡，这样就足够了。看到栽下的花朵开枝散叶，是最令人高兴的了。儿子长大就是父母最大的幸福。"

八平为龙马的茁壮成长而喜悦，慈祥地勉励他要继续进步，龙马将父亲的训诲铭记在心。当时，小龙在屋外听着父子两人的对话。

那天夜里，龙马在乙女房里与她深谈。

“是什么……有什么是我去江户前没有,而现在有的呢?”龙马捶着胸，为自己无法表达心中的感受而焦急。

“龙马，父亲希望你做什么？”

“他要我练剑……读书。”

“再多磨炼自己，你就会找到答案的。”乙女淡淡回答，开始动手做起针线活。

为了感谢日根野弁治师父介绍他到千叶道场修炼，龙马来到日根野道场，借着比试，露了一手漂亮的刀法。他集中精神在剑术上，练出了一身大汗，心中繁杂的念头似乎在一瞬间消失了，反而神清气爽起来。

之后，龙马读了《漂巽纪略》。约翰万次郎回到土佐时，小龙正好前往调查，因缘际会下写了《漂巽纪略》一书。万次郎在美利坚生活十余年，期间他学习到蒸汽船等各种西洋科学与文化。

小龙透过万次郎的经验，知道了各种各样美利坚的事。龙马读《漂巽纪略》，听小龙描述的种种，激起了他对西洋的兴趣。

他开始一步步实践父亲的训勉:“练剑、读书”。

“龙马的样子最近变得精神许多呢。”伊与照顾八平用膳时说。

“嗯……”八平也有同感。

厨房里，女性们在准备膳食，小龙却在一旁画章鱼。

“哇！画得真好！”听到春猪的赞美，小龙很高兴。

“为什么老师每天都来我家呢？”春猪天真地问。

这段期间，小龙每天都到龙马家报到、吃饭。看到小龙无法回答，千野请他帮忙磨晚餐用的芝麻。

“磨芝麻吗……没问题！”

龙马看见小龙在走廊里拼命磨芝麻,好不容易才忍住了笑意。

“老爷！”伊与的惊呼声在家中响起。

龙马冲进八平的房间，权平和伊与正将倒卧的八平撑起，八平抚着左胸，皱起脸痛苦地呻吟。

那一夜，小龙坐在躺卧的八平身旁，今夜他是一个画师。他神情肃穆地拿着笔，蘸有颜料的笔尖游走在画纸上。屋里除了八平和小龙，就只有油灯和虫鸣的声音。

八平望着屋顶，忽然开口说：“先生，龙马是我晚年才得的儿子……从他一出生，我就清楚地知道，我们父子俩的缘分不会太长。但就算心里明白……还是很伤脑筋，时时刻刻都在为他操心。”

小龙停下手中的笔，微笑说：“这是人之常情。”

“龙马……不知能不能成得了大器。”

“您这一家真是很温馨。一家人都尊重您、敬慕您、惦记您。这里充满了人情和温暖。就是因为在这样的家里，您的小儿子才会长成如此心地善良的人。不过，他的胆识也不小，未来一定会有大成就的。”

“是吗……我要是能见到那一天就好了。”八平微微叹了口气。

同一个时间，龙马在自己的房里正坐着，默默思索着一件事。

晴朗的蓝天上飘着几片白云，八平盖着棉被躺在手推车上，喜悦地看着这幅美景。手推车发出咔啦啦的声音，龙马在前面拉着，权平、伊与、千野和春猪、乙女在后面推着，一行人在桂滨的海边小道上走着。

八平心情愉快地说："我们多少年没这样一家人出门啦？"

"这种事若不是龙马提议，谁也不会想到啊。"人称仁王的乙女，喘着气回答八平。

龙马停下推车，叫了一声"父亲"。眼前是冬日凛冽的大海，一家人都欢呼了起来。

"桂滨到了呀，老爷。"伊与靠着龙马和乙女，把八平的身体扶了起来。

"真辽阔啊！"

一道道浪花在大海中闪着粼粼波光。

"土佐的海……原来这么美……"八平发出感叹。

龙马也望向远远的海的那一边，望着大海的天际线。"父亲大人，我知道答案了。如果有一天造了黑船要用来做什么。"

"哦……说来听听。"

"让黑船下海，我们一家人都坐上去，接着，环游世界。先往西到清国。虽说鸦片战争中被英吉利打败，但该国历史悠久，一定有很多珍奇的风景。"

龙马的黑船继续往西走，去释迦诞生的印度、沙漠之国埃及，然后航行到大象、长颈鹿的故乡——非洲。

八平闭上眼，想象这趟黑船之旅。

"接下来船驶向欧罗巴，那个文明进步得令人咋舌的欧罗巴。"

继续横跨辽阔的大西洋，向约翰万次郎去过的美利坚进发。

“那个叫纽约的地方在哪儿呢？我还想去见那个叫总统的人一面。”龙马描绘着远大的梦想。

搭乘龙马的黑船一路旅行，八平闭上的眼中渗出了泪。乙女、伊与、千野、春猪和权平，也都向往起龙马描绘的旅程。

八平似乎舍不得梦醒般睁开了双眼。“原来你想得这么远啊，多好的旅行啊。嗯，我们全家一起去吧。”

全家人又哭又笑，八平也是笑中带泪。

“我这辈子从来没这么开心过。”

“父亲大人……”龙马忍住想哭的冲动，挤出了笑脸。

没过多久，就在安政二年（一八五五）年末，八平溘然长逝。

小龙在之后向坂本家辞行。

“咦，这画画得真好呀。”小龙离去的房间里，留下了一张画。那是一幅龙飞冲天的景象。

第八章　弥太郎之泪

安政三年（一八五六）。

八平去世，权平名副其实地成为坂本家的大家长，扛起家中大担。龙马也跟着权平四处拜候，告知继承家督[①] 之事。

一天，龙马在归途中经过村长家附近，正巧看到一名壮汉在殴打一个六十来岁老人。那个老人遍体鳞伤，衣衫也撕裂了好几个大洞。

站在一边的便是村长岛田便右卫门。他带着家仆，在一旁看着老人被打。“叫他站起来！”便右卫门凶神恶煞般命令那个壮汉彦右卫门。

龙马看不下去了，立刻跑上前去。“为什么这么多人欺负一个老人！”

“没什么大事，不值得您武士大人操心。”便右卫门的态度从容不迫。

从后面追上来的权平仔细瞧了一眼被打得意识模糊的老人。“咦，你不是岩崎家的弥次郎先生吗？”

龙马也认识弥次郎的长相。“弥太郎的父亲！”

弥次郎边暗骂“浑蛋”，边摇摇晃晃地站起来。

---

① 当时日本是封建土地所有制，有土地者的家族，其领袖称“家督”。

“我……我可饶不了你！”弥次郎用尽最后一点力气，朝便右卫门猛扑过去，彦右卫门却不费力地一推，弥次郎便朝反方向跌了出去。

“住、住手！”龙马插入两方中间。

——这个时候，我刚到江户一年，一心一意地钻研学问。

弥太郎住在土佐藩邸，与广之丞分住同一间房。广之丞洗澡回来时，弥太郎还是伏在案前写东西。他勤学不倦，有时好几天都不洗澡。

“你一直那么用功，是很令人敬佩，但你实在太臭了，我每天晚上都被你熏得睡不着。”

广之丞一边抱怨，一边把别人要他交给弥太郎的信递给他，那是土佐岩崎家寄来的。

“怎么不早拿出来！”弥太郎从广之丞手里抢过信。广之丞虽然年纪较长，但弥太郎对他丝毫没有一点敬意或客气。

“怎么会和这种家伙一起住呢！龙马回土佐，我一个人住得正开心呢。”广之丞自顾自嘀嘀咕咕，没注意到读着信的弥太郎脸色大变。

“怎么会……我父亲？！那个老浑蛋……”

广之丞在一旁看信，似乎是跟人打架受了重伤。“信上叫你赶快回土佐去。”

“关我什么事！我好不容易才来江户，再不久就能名扬天下，为什么这种时候我得回土佐？！”弥太郎趴在书桌前继续念书。

不过，当天弥太郎便从土佐藩邸奔出，踏上前往土佐的回乡路。

“死老爹，你还要阻碍儿子的前程到几时！”

弥太郎彻夜在大道上狂奔。

——当时，以男子的脚程，从江户到土佐得跋涉三十天，但是，我日夜赶路，竟只花了十六天就回到土佐。

弥次郎全身裹着白布，躺在棉被里，美和和早纪在一旁照料。白布各处渗着血，暴露在外的皮肤也处处淤痕，看起来惨不忍睹。

突然家门被撞开，弥太郎冲了进来。他披头散发，脸庞脏黑，凹陷的眼窝里闪着异样的光芒。

待在弥次郎身边的龙马，一眼就看见进到屋里的弥太郎打着赤脚，草鞋似乎搞丢了。他脚上全是伤，又是泥又是血。

弥太郎走到棉被旁，叉着双手俯视弥次郎。

“……还活着啊？”

“……弥太郎。”弥次郎气若游丝地叫着儿子的名字。

突然，弥太郎蹲在了弥次郎榻旁。“不是还活着吗？……怎么会搞成这样。”

争端的起因是岛田村长想一人独占灌溉用水，弥次郎去找他谈判，却被毒打报复。若不是及时赶到的龙马送他去看医生，弥次郎恐怕凶多吉少。

“太可恶了！”弥太郎咆哮，“龙马，麻烦你了。不过，接下来你不用管了，这是我们家的问题。”龙马还来不及阻止，弥太郎已经冲出家门，他的目的地是村长家。

“哎呀，这不是弥太郎大人吗？什么时候从江户回来啦。”便右卫门见到弥太郎冲进屋里，虽然口头上客气，但围在他身边的彦右卫门等家仆都摆好了架势，直瞪着弥太郎。

弥太郎站在门口粗声喘气，狠狠地回瞪便右卫门。“听到老父快要没命了，岂有不回家的道理！岛田！”

弥太郎拔刀，却卡住拔不出来。他跨了一步使劲再拔，只听到咔滋一声，拔出来的却是一把锈迹斑斑的刀。

“我们家虽然务农但也是堂堂的武士，武士遭此屈辱你打算就这么算了吗？”

便右卫门见弥太郎挥着一把生锈的刀逞威，忍不住讥笑：“武士，说得好听，你们岩崎家也不过只是下士，不，根本是比下士更低级的地下浪人吧。我是藩里下令掌管此村的村长。这件案子奉行大人已经裁决下来了，一切全是岩崎弥次郎先生一个人的错。”

“什么！”

“对了，还有，你的那个朋友，我记得是叫坂本吧。那家伙老来要我把事情讲清楚，又要我向弥次郎先生道歉。真是麻烦透了。拜托你叫他节制一点。”

弥太郎不在家的时候，龙马似乎代替他去谈判了。弥太郎实在忍不下这口气，跟着便到安艺奉行所抗议。

“我父亲被村长打得半死，为什么对他不做任何处置？！村长连相扑力士都找来了，分明一开始就打算报复。”

出来接受弥太郎抗议的，是奉行所里最下层的仆吏柳川克五郎。

“你给我安分点！竟然对奉行大人的裁决有意见！这点我们已经向坂本龙马严正说明过了。”

“啊？”

龙马连奉行所都来过了。

龙马到奉行所交涉一事，被权平知道了。

“别去蹚这浑水，我们家万一受到牵连怎么办？”

“啊呀，坂本家的一家之主怎么可以说这种话。”伊与故意大惊小怪地说。

“器量真小呢。”乙女的口气仿佛这辈子都看错了兄长。

连千野和春猪都绕起圈子责备，让权平难以招架，终于投降。

“龙马，对不起。”

“不用道歉，哥哥。”龙马不知不觉同情起哥哥。

龙马到村长家和奉行所交涉，是因为他自己怎么看，都觉得这事没有道理。走在路上，脑子里净想着这件事，一不留神差点撞上挡在路当中的弥太郎。

“这件事根本与你无关！你这家伙最讨人厌的地方就是好管闲事！这事你别再插手了！”

弥太郎转身走了。

“我知道是自己多事，可是……”龙马望着弥太郎的背影嘟囔了两句，便到武市道场拜访半平太。

“奉行大人的做法真的太奇怪了，从头到尾都站在村长那一边。武市兄，你不觉得吗？”

半平太穿剑道服、戴护具的手并没有停下来的意思。“管弥太郎的事有什么好处？龙马，现在外国对日本虎视眈眈，日本若不团结合力把美利坚赶出去，可就糟了。哪有时间去管这种芝麻小事！”

质问不合理的事叫“芝麻小事”吗？龙马脸上有点不高兴，半平太没理会，倒是说起另一件事。

“藩里准许我到江户去了。”半平太抬起脸，目光飘向墙上挂了一整片的弟子名牌。冈田以藏、望月龟弥太等，龙马从小到大的玩伴，全都名列其上。

“我的弟子已经超过一百二十名。土佐最大的道场主持想到江户修炼剑术，藩自然没有不答应的道理。而且，连旅费都帮我们出了，包括收二郎和以藏的份。”

“啊……武市兄已经成了大师了吗？”

“不过，修炼剑术只是表面托词，我去江户是为了与各藩的攘夷派碰面。”

“攘夷派……”龙马已从半平太口中听到好几次“攘夷”这个词了。

“你老说黑船如何巨大，外国如何进步，不过日本人不会因此畏惧。攘夷的势头已经止不住了。”

“可是，你的祖母谁来照顾呢？”

龙马这一问，半平太沉默了下来。半平太这些年就是因为无法抛下身兼母职的祖母阿智，才无法去江户的。但他这次决定就算把祖母交给妻子阿富照顾，也非去江户不可。

“攘夷是为了日本、为了土佐，她们俩一定能理解我的。”

眼前的半平太，与以往和龙马互通心事的半平太似乎有些不同了。

加尾帮收二郎的长途旅行收拾行李。棉衣、内衫等都已齐备，但足袜似乎还有些不够。

“我去帮哥哥买足袜。”加尾拿起包袱走到门外，却遇到正和一个五六岁女孩玩耍的龙马。

“你怎么会在这儿……”

“刚好路过。”龙马没说实话。事实上，他就是希望会在附近遇上加尾，才到这儿来等的。龙马问清加尾的去向，说自己刚好也要去同一个方向，便与加尾并肩而行。

收二郎在屋里听到街上的谈话声，从窗格里往外张望，加尾脚步轻盈，再往她身边一看，一名男子的身影令他目光锐利起来。“是龙马？！”

收二郎要去江户的事，龙马已经从半平太那里知道了。

“哥哥非常佩服武市哥。不过……攘夷真的能成功吗？幕府已经决定开国了吧？”加尾的知识是从弥太郎的私塾里学来的，“之前弥太郎老师也说过，武市哥一点儿都不明白，只靠蛮力，攘夷是不可能成功的。龙马哥是不是也这么想，所以才没加入武市哥他们呢？”

“不，我是因为跟武市兄从小玩到大，实在不习惯叫他老师。”

加尾扑哧一声笑了。这理由果然只有龙马才想得出来。两人又聊了会儿日本的未来，还有些不着边际的话题，只要和龙马在一起，加尾就觉得喜悦。

“果然是坂本先生。”长次郎快步走近。虽说是路上偶遇，但对加尾来说，却是扫兴极了。而且，长次郎还一直揣测龙马与加尾的关系。

“请不用担心，我是个商人，口风很紧。何况坂本先生在土佐无拘无束的日子还真不多了呢。”

长次郎明知不该乱说话，却又没必要地多嘴了几句。加尾露出怀疑的神色，不得已，龙马只好实说：“啊……其实，我还要再回千叶道场。”

加尾吃惊地瞪大了眼。长次郎又多嘴了：“能被江户首屈一指的千叶定吉师父赏识，真是不容易。我也很替你骄傲。”

“是啊，真是如此。我先走了。”加尾勉强挤出笑容，丢下龙马去买东西。

龙马的眼光一直追着加尾的身影，但长次郎突然脸色一变，一本正经地对他说：“对了，坂本先生，听说您扯上了岩崎家的事。安艺奉行所替岛田村长当靠山是理所当然的。岛田村长经常送东西给奉行大人，有时是米，有时是钱。”长次郎不知从哪儿打听来的情报，他继续说，“奉行大人可能从一开始就想把事情压下来，因为藩里一旦知道此事，一定会责备他们连打架这种小事都处理不好。反正，让弥太郎的父亲把事情吞下去，也就大事化小了。总归一句话，那种……”

长次郎说到一半突然打住，因为龙马的脸色变得非常难看。

“这太过分了！”一股怒火直往上冲。

傍晚，加尾买了足袜回家，收二郎立刻训了她几句：“还没出嫁的女孩子，怎能跟男人单独走在街上！”

“那不是别人，是龙马哥呀。”

“更不可以。我们和龙马的想法已经不一样了，再也不是儿时的玩伴了。”

收二郎与龙马的间隙，比加尾所想的更深。

——几天后，武市半平太和平井收二郎、冈田以藏三人一起出发，前往江户。半平太前往江户的道路，与龙马和我是同样一条，但等待他的命运，却跟我们截然不同……

几天后，龙马在人来人往的大街上认出了加尾的身影，加尾也发现了龙马，却立刻转身小快步逃走。

龙马追上加尾，拉住她的手腕不放。“我并不打算瞒你，我一直打算告诉你我要去江户的事。”

“我去当弥太郎的学生……并不是真的想学习知识，是因为我不想被龙马哥撇在后头。可是……龙马哥还是决定走得远远的。”

加尾撇开眼光，不想与龙马对视。龙马只好抓住加尾的肩，强迫她看着自己。“没有这回事！没有这回事啊，加尾！”

“我已经不知道该怎么办了。龙马哥还记得吗？我说过喜欢你的事。”

“……嗯。”

“龙马哥也说过你喜欢我，但是你却好像没这回事似的。我真的不知道到底该怎么办了。”加尾噙着眼泪说。

“加尾，我一直都很喜欢你，没有改变过。只不过……我现在还什么都不是，还不能挺起胸膛向收二郎说，请把令妹嫁给我。再给我一段时间，加尾，等时机成熟，我一定会来接你的。”

"真的吗？"

"我不会骗你的。"

加尾凝视着龙马，像是要探测他真正的心意般，随即浮起了微笑点点头。

弥太郎几次来到奉行所申告，但总是连门都没进就被赶到街上。被守门的踢飞到地上的弥太郎一抬头，眼前的大门上写着的"安艺奉行所"几个字，就像权威的象征般挡在弥太郎面前。

弥次郎的伤势日渐有了起色。这天，弥太郎回到家，正好看到龙马端着热水桶和毛巾走出来。

"来，我帮您擦背吧。"

"不好意思啊，坂本先生。"

平常嘴坏的弥次郎，因为龙马为自己擦身，坦率地表达出喜悦。但弥太郎见到这一情景却更加烦闷。弥太郎到后院里劈柴，龙马出来站在他旁边。村长和安艺奉行所有所勾结的事，他一定得告诉天天到奉行所去的弥太郎。

"他们只追究你父亲的错，是因为村长和安艺奉行所私下有勾结。你就算去奉行所喊冤再多次也无济于事。"

弥太郎停下劈柴的动作，回头看着龙马。"难道你要我就这样忍气吞声吗？你这家伙到底是何居心，干吗插手管我家的事？是吃饱没事干吗？还是表面关心，其实心里看我家笑话？"

弥次郎的酒品太差，只要一喝醉就跟人吵架，又爱赌，不知把家人气哭多少次。

"可是，他是我世上唯一的父亲。父亲被人打得半死，还把过错都推到他头上，我怎么可能就让它这么了了？如果再怎么喊冤都没有用，我就去斩了那村长！如果想拦住我，我连你都斩！”

弥太郎硬生生忍住就要滴落的眼泪，奋力拔出生锈的配刀，他发誓就算背后有什么不可告人的事，他也绝不忍气吞声。

龙马的父亲也才刚刚过世，他十分了解弥太郎想为父亲出头的心情，不平的怒火甚至让他整夜睡不着觉。

“可是，弥太郎，若是你斩了村长，明天他们就会斩了你父亲。你再报仇去斩了村长儿子，改天你母亲也要被斩。冤冤相报就是这样。”

“那你说怎么办？我这口冤气要找谁出！”

“安艺奉行收村长贿赂一事，藩里并不知道，这样的话，我们就把它讲出去。”

龙马用自己的想法寻找可以解决问题的方法，不久前他才听说吉田东洋这位大人物的事。他在藩主丰信的提拔下就任参政一职，据说丰信的远亲，也是幕府直参[①]的松下喜兵卫因酒品太差，被吉田东洋教训了一顿。不过，吉田东洋也因此目前在家闭门自省中。

“你不觉得这位大人很有骨气吗？我们去求见吉田大人，把事情说给他听吧。”

“那种大人物怎么可能见我们呢？我们是下士呀！你去一趟江户就全忘了吗？蝼蚁之辈说的话，上士怎么可能听呢！”弥太郎悲痛地大声呐喊，龙马陷入深深的无力当中。

龙马与弥太郎的对话，在房内仅一墙之隔的弥次郎、美

---

① 直参，直属家臣。

和与早纪全都听得一清二楚。那夜,弥次郎把儿子叫到床边来。“我实在是气不过啊!就算杀进村长家我也不在乎,弥太郎。”

美和也有同感。“那个村长蛮横无理,整个村子的人都敢怒不敢言。你父亲,是为大家讨公道啊。”

“父亲不是喝醉酒乱闹事啊。”早纪哭着说。

龙马的期望实现了,藩里下达了到江户二次修炼的许可。权平、乙女都期待龙马喜出望外的模样,但令人意外的,龙马的表情却是闷闷不乐的。

“我得马上就起程吗?”龙马之所以犹豫,是因为他不想丢下弥太郎一家的问题,一个人到江户去。

“龙马,你还在烦恼岩崎家的事吗?别人家的事不要管了吧。”权平皱着脸说,但龙马十分执著。“虽然说是别人家的事……但弥太郎是我的朋友呀。”

龙马为朋友挺身而出,也激发了乙女的侠义之心。“没关系,龙马。晚一点出发也没什么大不了的。哥,你不是常教春猪,凡事不能只为自己着想吗?龙马,你就照自己的心意去做吧。有什么困难,家里会帮你的。对吧,哥哥?”

在乙女强烈的攻势下,权平只好咳了两声勉强答应。

“多谢大哥、姐姐。”龙马的脸上终于出现了光彩。

“龙马!龙马在吗?”弥太郎在玄关处大喊,“吉田东洋的宅邸在哪里?!”

从那一天起,龙马和弥太郎连续三天坐在东洋邸前求见。第三天晚上,龙马感觉夜色中有动静。虽然弥太郎没看见,但龙马察觉有人在附近。不久,一条人影出现,直接朝龙马的方向走来。

“长次郎！”

“坂本先生！听说你们在这里坐了三天三夜。”长次郎亲切地笑笑，随即解开包袱，打开塞满包子的食篮。

“哦哦！不好意思，长次郎，那我就不客气了。”龙马伸手去拿包子，弥太郎却早一步抢了包子大口咬下，结果噎着了。长次郎不慌不忙地拿水让弥太郎喝下。弥太郎问：“喂，你干吗要帮我？”

“因为坂本先生说，岩崎弥太郎先生是个了不起的人。”

“了不起，龙马，为什么？”弥太郎讶异地追问，但龙马嘴里塞满包子，含含糊糊地说不清楚。

第二天早上，龙马与弥太郎终于获准进入府邸内。两人经过庭院时，东洋正在檐廊里的房间中，让家臣帮忙换衣服。

“小人岩崎弥太郎，是安艺郡井口村岩崎弥次郎之子。”

“小人坂本龙马，是本町坂本权平之弟。”

龙马与弥太郎跪伏在地，各自报上姓名。东洋没看龙马和弥太郎一眼，只有外褂与衣带摩擦的沙沙声。

跟在龙马两人身边的东洋的家臣告诉二人说：“吉田大人愿意听你二人申冤，不过，你们身为下士却越级求见，自然知道后果要自己负责。”

龙马与弥太郎仍然平伏在地，心里突地惊跳了一下。

“如果吉田大人认为你们两人所诉不值一闻，或许也可能将你们就地处决。”

家臣话才说完，咻的一声，东洋束紧了衣带。

弥太郎拼命压抑心中的恐惧，龙马抱定了豁出去的决心，小声催促着弥太郎。弥太郎大大吸了一口气后说："前些日子，小人的村里发生了一件纠纷。村长岛田便右卫门将河水引到自己的田里，打算独占水源。"

弥太郎将父亲不满村长行为遭到毒打、几乎濒死和安艺奉行所并未降罪岛田的不当裁决，一五一十地说了出来。

弥太郎说完事情原委后，龙马毅然大声说："在这事背后有不正当的行为。安艺奉行所很可能收了岛田便右卫门的贿赂，所以才做那样的判决！"

龙马激昂的语调，令弥太郎也跟着急切起来。"怎么能容许这种胡作非为的事存在！"

"还请吉田大人出面，重新裁决。"

"拜托大人了！"

龙马与弥太郎低着头，等待东洋的决定。

东洋披上外衫，拉拢衣襟，把外衫的扣子扣紧，抖了抖衣袖。"你叫坂本龙马？"

龙马不觉抬起头。"啊？是。"

"你为什么也在这里？"

"小人看到弥次郎先生身负重伤，还受到不公平的裁决，实在忍不下这口气。"

"原来如此，不过，这种事哪里都有，没有必要特别来向我哭诉。"东洋从屋内走到檐廊下，冷眼瞥视平伏在庭院里的龙马和弥太郎。

"那么……您是要我们忍气吞声吗？"弥太郎问。

"以你们来说，还能怎么办？"东洋正要离开檐廊，家臣的手扶在刀把上。

“请您留步。”

龙马的声音让东洋停下脚步。

“小人斗胆，听说藩主大人的亲戚松下喜兵卫大人，平时喝了酒便胡作非为，却没有人敢上前规谏，只有吉田大人仗义执言，在藩主大人面前动手教训了松下大人。”

“吉田大人宁可丢官也不允许不正当的事，一定能体察小人们的冤屈。”弥太郎把最后的期望寄托在这番话里。

“闭嘴！我就算打人也没事，因为我是个天才啊！”

“啊？！”弥太郎不小心发出惊呼。

“现在虽然领命在家自省，但不用多久就一定能恢复参政之职。因为藩主大人知道我是个难得的人才，所以不管做了什么都没关系。可是你们不一样。”

东洋轮流打量着龙马和弥太郎。

“岩崎弥太郎，你有什么能耐？！”东洋骤然一问，弥太郎一句话也答不出来。

“坂本龙马，你又有什么能耐？！”龙马咽了一口唾沫，哑然无语。

“既然你们无能也无才，那就只好闭嘴。这就是世间的道理。我吉田家受藩祖山内一丰公提拔，到今天正好两百五十一年。这么大好的吉日，我不想看见血弄脏我的院子，算你们运气好。滚吧！”

东洋转身走入屋内，家臣们跟在后面离去。直到东洋和家臣们在视线中消失，龙马和弥太郎两人还是愣在原地，一动也不动。

瘫坐在寺里石阶上的两人惊魂未定，连自己是怎么走出吉田邸的都不记得。

“上当了，上了你的大当。你不是说去找吉田东洋一定有用吗？”也许是终于从紧绷中解放出来，弥太郎哭了出来。如果再早一天或晚一天进去，两人都会受到惩罚，说不定连脑袋都不保。

“对不起。”

“你算什么东西！装出一副什么都懂的样子来教训我？在江户待了一年多，你到底都干了什么！”

“我知道自己思虑不周……”

“既然如此，一开始就别那么大口气！是看我爹的样子可怜吗？！”

“我没说这种话！”

“还是说你饶不了那奉行？”

“你别在话里找碴。”

“以后别再管我家的事！今天没揍你你就该谢天谢地了。”弥太郎愤恨地站起来。

“你打算怎么做，弥太郎？就放弃了吗？”

“东洋说的话你没听见吗？我们是下士，什么办法都没有。我死心了，死心了！”弥太郎踹了一脚，就往前走去。

“死心？弥太郎！你要放弃了吗？”

“要你管！别再跟来，你真烦人！”弥太郎捡起石头就朝龙马扔。龙马险险躲过，站起来就跑，弥太郎再捡了一块石头，再捡再丢，叩的一声正中龙马背心。

"哎哟！痛！"

弥太郎朝痛得仰起身来的龙马瞥了一眼，大跨步走了。

夜里，弥太郎悄悄来到安艺奉行所紧闭的大门前，几天前他被守卫踢出来跌在地上时抬头看见的"安艺奉行所"招牌，还稳稳地挂着。

弥太郎站立在门前，缓缓拔出了刀，在月光下，白晃晃的刀刃闪着亮光。他将刀刃刺向门板。

嚓嚓……

正当弥太郎使劲在门上刻字时，突然感觉有人靠近，回头一瞧。

"果真是你！"

"龙马……"

"我就知道你不会就此罢休。既然来了，我就奉陪到最后吧。"龙马随意找了个地方坐下，笑着说，"我坐在这儿看。"

"你这人真是莫名其妙。"弥太郎转回头，又开始用刀刻字。

龙马认出那是个"官"字。"你是要刻字吗？不过，若是被发现了，可要坐牢的哟。"

"我不在乎，这是我现在唯一能做的。我花尽心思……才想出这……"汗水从弥太郎的额头上不断滴落。

"我说你啊，一天到晚说自己脑袋有多聪明，以后比谁都有出息……不过，我看可能是哪里搞错了，你根本是个又蠢又笨的家伙。"

"那我问你，龙马，你又算什么？干吗老跟着我？"

"……因为你回来了。"

好不容易有个千载难逢的机会到江户，但弥太郎还是为了父亲拼命赶了回来，而且需要三十天的路程竟只花了十六天。

“那个时候，你两脚沾满的血污和泥巴，打动了我……就这么简单。”

龙马和弥太郎对视着。

“……什么无聊透顶的理由，早知道就不问了。”

弥太郎又回头去刻字。龙马爽朗地笑了。“老实说，弥太郎，我又要去江户了。”

“……你还真受老天眷顾。”

“……也许是吧。”

“这次别白去了，多少长大一点吧。”

“……你说得没错。”龙马浮起苦笑，眼睛眨也不眨地看着弥太郎刻字。

第二天早晨，安艺奉行所前挤满了看热闹的民众。门扉上刻了“官以贿赂成　狱因爱憎决”几个字。

“官以贿赂成，狱因爱憎决……说得真是对极了。”长次郎在人群中自言自语。

弥太郎立刻被逮捕下狱，但就算被下到狱中，他还是一派庄严地盘坐着。“我不过是写出了事实！”他说。

龙马带着弥太郎交托的银两，来到已无壮丁的岩崎家。“这是弥太郎用自己的刀换来的钱。”

弥次郎揭开龙马放在桌上的方巾，不禁大吃一惊。“锈成那样的刀竟然能卖这么多钱？！”

弥太郎典当刀的地方，是坂本家的本家——才谷屋当铺。

“钱等以后弥太郎成功了再还就行，请尽管拿去用。”

美和噙着眼泪说："真的是走投无路了，老的不能动，弥太郎又去坐牢，实在……"

"不过，那小子干得好，让我一肚子怨气都发泄出来了啊。"

龙马笑着附和："我也有同感，果然是弥太郎会做的事。"

"不，你差得远啦，坂本，既然想帮我，就该奉陪到底才对啊，为什么你没去坐牢？我真是太失望啦。"

龙马为之语塞。

"老爷，你怎么这样对坂本先生说话！"美和连忙道歉。

安政三年八月十九日，龙马发誓继续奋进后，再次起程到江户。

"弥太郎，你等着。我一定会学有所成的。"

龙马走在土佐郊外的路上时，弥太郎也在安艺奉行所的牢中暗暗发誓，一定要重新开始。"龙马，你等着……我一定会从这里再爬出去！"

龙马和弥太郎这时都还不知道，不久之后，时代的浪潮将如怒涛般将他们俩一同卷入。

第九章　生命的价值

——龙马再次来到了江户，江户市街一如以往，热闹地迎接龙马的再次到来。但是，龙马一放下行李便匆匆地赶往千叶道场。

“坂本龙马在此向您问候，今后我会在千叶师父教导下继续潜心修炼，请多关照。”龙马坐在坐垫上，两手扶地，向定吉和重太郎问候。定吉和重太郎当然十分高兴。

门开了，佐那端着茶盘进来。

“佐那小姐，别来可好？”

“欢迎回来。”

佐那冷淡的问候，让龙马有些不知所措。他疑问地看了一眼重太郎，但佐那连看都没看龙马一眼，以似乎有些发怒的口气说：“修炼之事，请多努力！”说完头也不回地走了。

本来以为龙马离去后很快就会回来，没想到竟然等了两年四个月，终于再见到的喜悦不假思索地化为冷漠。罗刹美人心里藏着的，也只是纤细的少女心呀。

结束千叶道场的练习，龙马回到土佐藩邸，拿起毛巾走到井边擦拭汗湿的身体。早来的以藏见到龙马，竟也不理不睬。

“以藏，你还在生气吗？”

“你真差劲。既不加入我们，还随便叫武市老师武市兄、武市兄的。”自从他与半平太意见相左之后，以藏一直不谅解他。

“说起来，我到江户之后一直没见到武市兄呢。”

“老师住在桃井道场里。”

“浅蜊河岸[①] 那儿的道场？”

“老师现在已经是那儿的塾长了。”

浅蜊河岸的桃井道场，就是桃井春藏所开设的镜新明智流道场“士学馆”。镜新明智流与千叶道场的北辰一刀流同属江户三大流派。半平太来到江户短短数月，已成为塾长，可以管理弟子了。

“自从老师当上塾长，桃井就成了此地纪律最严格的道场。武市老师的名声很快就轰动江户了。”以藏谈起武市便显得意气风发。

“这样啊……”龙马心里感叹，但一口气还没吐完，就听到了半平太的声音。

“什么时候到江户来的，龙马？”半平太踱了过来，脸上没有一丝芥蒂。

走进半平太的房间，书桌上插了一朵花。龙马随意四处看了一下，便盘腿坐下。不过，这么短的时间里就被拔擢为塾长，真不愧是半平太。

“那道场里有不少胡作非为的家伙，能把它变成一个正经

① 浅蜊河岸位于现今东京银座与筑地之间。

的道场，真是不简单。武市兄以后或许会成为高不可攀的人物呢。”龙马下意识地拿起瓶里的花在手中观赏。

“龙马，我来江户真正的目的，并不是为了修炼剑术。”半平太边说话，边正坐下来，龙马也立刻跟着收敛坐姿，再度正坐起来，花也随手插回瓶里。

“哦，是。我记得你说，是为了与各藩的攘夷派交换意见。”

“没错。事实上，今天晚上就有个聚会，你也一起来吧。”

半平太又重新调整了花的方向，一再修正才终于回到顺眼的角度。

交换意见的聚会在酒馆二楼的客室举行。出席的除了龙马与半平太之外，还有水户藩的住谷寅之助、长州藩佐佐木男也和萨摩藩的桦山三圆。

“这些同志，和我一样，都在各自的家乡为攘夷而四处奔走。”半平太为龙马引介了三个朋友。

稍晚一点，另一位长州藩的客人也到了。

“桂兄！”

“坂本君！你到江户来啦？”

龙马与小五郎还真有缘。龙马立刻向一脸惊讶的半平太简短说明。“培里来日本的时候，我们俩一同在羽田的海岸看到黑船。”

“那时候，一个巨浪把我们卷下海，还以为小命完蛋了呢。”小五郎哈哈大笑，全体气氛也轻松了起来。

“那么，我们就进入正题吧。”半平太说。

“等等，先让桂兄喝一杯吧。武市大人。”

龙马等人虽已酒足饭饱，但小五郎才刚刚坐下。三圆帮他斟酒，小五郎的酒杯立刻满了。

“好，那么我们……”

“欸！”

小五郎把酒杯端到嘴边，说了声“且慢”，打断了半平太。

“这位仁兄真有趣……嗯，好酒！”小五郎一饮而尽。

半平太像是不想再等，向前膝行了两步。“说起这……”

“你可真心急啊。”半平太的急躁让龙马十分意外。

小五郎也许是不想再争，苦笑着把酒杯放下。“好、好，我不喝了。我们进入正题吧。”

“幕府面对美利坚的态度太过软弱，再这样下去，日本就要被外国人占领了呀。”

半平太开始发言，男也跟着敲边鼓说：“说得没错。”

小五郎立即加入了谈话：“为了保护日本，我们必须维持联系，并且继续活动，在各自的藩国掀起攘夷的风潮。”

“而且还要掌控幕府。”三圆加强口气说。

半平太若有所思地望着龙马。“因此，我们要把攘夷的言论让国内的人知晓。龙马，你应该已经知道了吧？”

“所谓的攘夷，就是把外国驱逐出去吧？”龙马虽然表情认真地回答，但小五郎等人却发出嗤笑，仿佛笑龙马是后知后觉。寅之助说，“攘夷”二字在水户藩已是孩童皆知的事，水户也已是一面倒地拥护攘夷。

不仅是龙马，连半平太也暗暗心惊。但这种情形不只发生在水户藩。

“我萨摩藩，如今攘夷派也已占了绝大多数。”三圆毫不迟疑地说。

小五郎也不落人后："我们长州藩，藩主毛利敬亲听了我的建议，决定全藩支持攘夷。"

龙马大感惊奇，原来小五郎在藩里有这么高的分量。

"土佐藩如何呢，武市大人？"小五郎这一问，让武市顿时无言以对。

"在武市大人的推动之下，想必是斗志高昂吧？"三圆满怀期待地问，半平太自然也不能落于人后。

"当然。土佐的藩主山内丰信大人，是一位明君。"

"哦——"欢呼声哄然大作。

"真不愧是武市大人哪。"

听到小五郎的称赞，半平太脸上的笑意逐渐冻结。

半平太会不会太逞强了？龙马察觉出这一点，出了酒馆，只剩他与半平太两人时，他特意找了些不相干的话题来搭讪："大家的思想都好高深哪。像是掌控幕府之类的话，就算把我倒过来，我也想不出来。不过，武市兄能与那些人分庭抗礼，果然不简单。"

"别取笑我了，我从小到大从没那么丢脸过。在土佐，我连城里都进不了，想说服藩主大人支持攘夷根本是痴人说梦。"

"因为土佐有上士下士之别，不可能像水户或长州那样的。"

"必须让他们接纳我，只有让上士们接纳我，我才能有所作为。"

"是啊。别人我不敢说，武市兄一定做得到。"

"你认为可能吗？"

“可能！”

“若是如此，你也成为我们的同志吧。”

龙马吓了一跳。本想鼓励武市，没想到却被他乘势要求。

“今天听了大家的话，你还不明白吗？我们只有攘夷一条路可走啊。”

“那些话对我来说太难了。”

“现在的幕府对哈里斯可说是唯唯称是啊。”

“哈里斯？”

“美利坚的总领事，派驻在下田的官员。”

安政三年，唐森·哈里斯到达下田，成为美利坚驻日总领事。哈里斯求见将军家定之时，也一再向幕府游说贸易的必要性。

“那些洋番意图谋夺日本，这样你还说讨厌打仗吗？”

“……打仗。”

龙马还是一样，半平太大失所望，忍不住仰天叹息。

——果真如武市半平太所说，美国总领事唐森·哈里斯强行要求幕府接受要求。因此幕府最终无视京都孝明天皇的意愿，决定与美国展开交易。

与哈里斯直接谈判的，是老中首座堀田正睦。针对哈里斯的强硬姿态，堀田向各大名广征意见，苦思应对之策，但一直未能得出结论，最后不得不就交易的问题与美利坚进行交涉。

但另一方面，幕府继续征询孝明天皇的意向，努力让朝廷点头接受结果。后来，孝明天皇通过关白九条尚忠，向堀田下达了旨意。

“朕不喜洋人。”

孝明天皇排斥洋人，成为后来动摇日本的原动力。

——天皇的这句话，之后给了武市半平太、桂小五郎等攘夷派一剂强心针。可是此时，我还完全不知道外面发生了这么大的事。

弥太郎被关入安艺奉行所的大牢，已经过了十三个月。

“什么时候才让我出去啊？”弥太郎朝着狱卒龇牙咧嘴，可是不管怎么威胁、利诱都没有用。

“这里真有那么无聊吗？这也难怪，你一天到晚只会抱怨，所以才觉得无聊吧。”

“什么？”他回头看向声音来处，牢房的一角，有个长须老人倚墙坐着。

“新来的说什么大话！反正你只是偷了哪个庙的香火钱才被关进来的吧。”

“可惜，我只是想把十两买进来的东西，用二百两卖出去罢了。什么坏事也没做。”

“十两的东西卖二百两？这分明就是欺诈嘛。”

“哎呀，你也不懂吗？”长须老人看似满脸遗憾地开始说明。

比如说，这里有一个包子。对已经吃饱的人而言，这个包子顶多只值一文钱。长须老人花了一文买包子。但对正饿着肚子的人而言，甚至愿意出十文钱也会买这个包子。因此，长须老人用一文钱买的包子，用十文钱卖给了他。

“物品的价值不是固定不变的，这就是买卖。有人什么脑筋也不花，光只会叫卖三十文一个的鸟笼，这种人根本不懂买卖。”

弥太郎有如大梦初醒，这是他第一次学到生意和赚钱的道理。

在迈向开国的潮流与在水面下扩散的攘夷运动相互较劲的气氛中，这一夜，江户街头发生了一件大事。

在桃井道场修炼的土佐藩山本琢磨，与同辈的田那村作八喝醉了酒，在街上蹒跚而行。半平太成为塾长后整顿桃井道场的风纪，令田那村颇感压抑。

“这也不行那也不行，武市老师太啰嗦了。”田那村不住发着牢骚，突然发出“喂！”的一声低吼。手拿包袱的商人佐州屋金藏，正想避开这两个醉汉往旁边走开。

“你刚才瞪了我一眼吧！你这个小老百姓，胆子真大！”田那村手扶着刀柄出声威胁，金藏惊叫了一声，吓得赶紧逃跑。

“哈哈哈哈，你看他的表情！”

“田那村兄，别故意吓唬人吧。”

不入流的恐吓手段，虽说也没惹出什么事，但琢磨还是冒出一身冷汗。金藏一定相当害怕吧，手上抱的包袱落在地上，露出一个金属制的物品。田那村蹲下身把它取出来，好奇地左右端详。“这很珍贵。”

是一只舶来表。

几天后，半平太在土佐藩邸的大堂上，和以藏、收二郎等十几名下士，热烈地讨论攘夷思想。

“我已经下定决心了，一定要尽快在土佐掀起攘夷浪潮，绝不可落后其他藩。因此，你们也得成为正直磊落的武士，不能老是让人瞧不起我们下士。”虽然龙马没有在，但其他的人都在这儿认真地听讲。

突然间，大堂的门被人粗暴地推开，户川信次郎和泷井耕辅两位上士走了进来。半平太慌忙行礼，户川冷眼看着他。

“浅草的旧货商向奉行所报案，说有客人带了赃货到他那里兜售。旧货商当时就觉得不对劲，借口准备银两，要他稍候，又问了那个客人的地址和姓名。他是土佐藩士，名叫山本琢磨。”

听到琢磨的名字，大家都倒抽了一口凉气。半平太讶异地看向他，却看到山本脸色苍白地凝视着户川。据说，带到店里的赃货是一只舶来的怀表。

“是你偷了怀表拿到旧货店，想用赃货骗钱，对不对？”

琢磨听泷井举发他的罪行，吓得浑身发抖。不知是否身体不听使唤，他直愣愣地看着户川。

“这是真的吗，琢磨？”半平太希望琢磨否认。

“骗人的吧。”

“山本君怎么可能做那种事。”

收二郎和以藏都不愿相信。

“快说这不是真的。琢磨，快说清楚！”半平太的脸色也变得苍白，一再逼问琢磨。

“武市老师！”琢磨终于崩溃痛哭。

泪水背后代表的意义，让半平太等人都愣住了。

泷井的表情中浮出轻蔑。“果然下士就是下士，真是江山易改本性难移。”

户川用鄙视的眼神瞥了一眼琢磨，继而转向半平太。“真是土佐藩之耻。该为山本负责的是你吧，武市？”

琢磨也是仰慕半平太而加入的年轻人之一，半平太的指导责任之重看似就要把他压垮。

户川和泷井离开大堂，琢磨为自己铸成的错号哭不止。半平太手中放着琢磨拿去抵押的舶来表。“琢磨，这是怎么回事，你告诉我。”

“是同辈的田那村拿去卖的。”琢磨再三说着“对不起”，拼命地道歉。

田那村酒品恶劣，是以藏和收二郎都知道的。

“武市老师，山本是被田那村唆使的。”以藏为琢磨说话，在场所有人几乎都同情琢磨。但是，半平太无法对琢磨所做的事视而不见。

“我刚才说过吧，琢磨，你们必须成为正直磊落的武士。如果在这儿放过你，以后我们无论如何高喊攘夷，也不会有人要听了。”

收二郎虽然没说出口，但他心里也认为琢磨难逃罪责。该以什么形式负起责任呢？半平太懊恼着，以壮士断腕的决心说：“琢磨……你切腹吧。”

琢磨噎了一口气。

“我们可是决心拥戴土佐的藩主大人，成为攘夷的领袖。琢磨，若还算是个武士，你就勇敢切腹，以死向藩主大人谢罪。”

琢磨面无血色，大堂里鸦雀无声。

龙马专心致志地挥动竹刀。千叶道场的弟子们在与龙马对练时，不是被逼到墙角，就是频频认输。龙马的实力远远超过其他弟子。

“你运剑更加得心应手了，坂本君。”重太郎毫不犹豫地赞美龙马。

傍晚，练习结束后，龙马一如往常地收拾道具，准备回家。

“坂本君，你能来一下吗？”重太郎和平常一样，脸上带着笑意说。

龙马也没有多想，就随着重太郎走进一个房间，里面已经备好酒菜。

重太郎立刻举杯一饮而尽。“啊，练完剑来上一杯真是畅快。”

“这是……”龙马拿起重太郎为他斟的酒，满脸疑惑。

“偶尔喝点有什么关系？你也喝。”

“是……”龙马一口喝干。

“我非常喜欢你。”

“噗”的一声，龙马含在嘴里的酒全喷了出来。“对不起。”龙马慌忙用衣袖擦抹洒在坐垫上的酒。

“哈哈哈，别紧张，别紧张。我是说，我很赏识你的人品。”

“啊，哈哈。”一瞬间，冷汗都快冒出来了。

重太郎把脸凑近龙马。“不只是我哦，舍妹也是。你对佐那有什么看法？”

“当然，我非常尊敬佐那小姐。”

“尊敬就免了，你不觉得她最近变得很有女人味吗？”

“……是。”

“成熟了，也漂亮了。”

“欸。”

“还颇有魅力。”

“……是。”总不能说“没有这回事”吧。

外面传进来温和的说话声：“打扰了。”佐那随即拉开门。“我送了小菜过来。”

重太郎大加夸赞：“哦，心思真伶俐啊，佐那。很伶俐吧，坂本君。”

“是。”

重太郎做作的口吻不太自然。

佐那捧着托盘，优雅地走进房间。盘上盛着几道菜，对龙马说：“请用。”她战战兢兢地把菜端到龙马面前。

刚放好，重太郎就急忙插嘴说：“哇，看起来真好吃。这是你做的？”

“是。”

“是佐那做的呢，坂本君。”

“谢谢。”龙马道了谢，佐那的两颊染成了红色。

就在这时，重太郎突然抱起了肚子。“啊，好痛！肚子突然疼起来，我得去茅厕。”

说自己肚子痛的明明是重太郎，但不知为何连佐那也露出肚子痛的表情。

“你还好吗？”龙马担心得跪起了身，重太郎抱着肚子，霍地站起。“别担心，佐那，你帮我陪陪坂本君，啊，好痛。”

拉门关上，屋里只剩龙马和佐那。

“我帮你倒酒。”佐那端着酒瓶说。

“啊，不好意思了。”担心重太郎的龙马吓了一跳，拿起酒杯让佐那斟酒，“佐那小姐也请。”

龙马拿起酒瓶，佐那犹豫了一会儿，才端起重太郎的杯子。“麻烦了。”

龙马斟的酒，佐那一口气喝下。“嗯……真香！”

“好极了。”龙马轻松地笑了。

重太郎没去茅厕，反而躲在走廊上窥探屋里的情形。听到两人从房里传出的笑声，他才笑容可掬地踮着脚离开。

龙马尝了口菜。“真好吃！”他的表情很真诚，看上去不像是客套，“佐那小姐原来这么会做菜！以后不管嫁到哪一户人家都绝对没问题。”

“……我不在乎家世。爹和我哥也都这么说，要我找到自己中意的人再嫁。”

“是吗？”

“我现在什么菜都会做。煎、煮、拌、炒，不论是生鱼片，还是早上的味噌汤。”

“这样啊……”

佐那痴痴等了龙马两年四个月，有充分的时间学习新娘的功课。有了点酒意的佐那，气势渐渐压过龙马。

“我想煮给坂本君你吃。”

“……啊？”

“我、我一直对坂本君……”

“佐那小姐！”

“是。”佐那眼中满怀期待地看着龙马。

“不是……重太郎去得有点久。我去看看他怎么样……”

龙马想起身，但却动弹不得，是佐那的手抓住了龙马的衣袖。“哥哥没事的！”

到了这个地步，龙马终于了解了重太郎的意图。

“请你听我说！”

发现佐那对自己抱有好感，龙马一时手足无措。

“不，你已经喝醉了。”

“我没有醉。”

“你的脸都红了，红彤彤的。”

“红彤彤的吗？”佐那不觉放开龙马的袖子，抚摸自己的脸颊。

“今晚你还是早点休息吧，我也该告辞了。”龙马冲出房间落荒而逃。

龙马在夜色中慌慌张张地跑着，直到确定后面没有人追来，才停下脚步，大大叹了一口气。“真是伤脑筋啊……怎么办才好呢？”

龙马看向天空，月亮似乎在对龙马微笑。

（我一直都很喜欢你……等到时机成熟，我一定会来接你的。）

自己已与加尾定下了誓约。

龙马回到土佐藩邸，以藏从屋里跑了出来。

“糟糕了，发生大事了。”以藏悄悄在龙马耳边告诉他今天发生的事，几乎快哭了出来。

半平太待在自己屋里，望着那只惹出事的怀表，愁容满面。

“我是坂本，可以进来吗？”龙马在门外打了声招呼，走进房里。

半平太面前的舶来表立刻跃入他的眼中，就是那只让琢磨一时鬼迷心窍的表。

“听说你要琢磨切腹？”

“明天清晨，日出时。”

半平太也很难过。琢磨现在由收二郎监视，因为一时意志软弱犯下的错误，让琢磨后悔莫及，连眼睛都哭肿了。

“武市兄，琢磨不是阿富嫂的堂弟吗？回到土佐，你要怎么跟阿富嫂交代？”

半平太脑海中闪过阿富牺牲自己、照顾祖母的模样。“这是两回事。”

“把这表还回去，向对方道歉，请他们原谅不就好了吗？只不过是个表罢了。”

“不行！我们是为了攘夷。”

“为了攘夷，你可以杀死同伴吗？”

“这事不用你管！”

龙马与半平太瞪着彼此，他伸手拿起半平太面前的表。“我拿去还。是下槙町的佐州屋吧，总得有人把它拿去还吧？”

以藏在院子里听龙马和半平太争论。察觉龙马起身，以藏先绕到走廊上抓住龙马。

“龙马！”

“把琢磨看好。万一他想不开，突然抓起刀刺进肚子可就不妙了。”

朝以藏丢下这句话，龙马向暗夜的街头走去。

“万分抱歉。虽说当时喝醉了酒，不过山本琢磨所为的确无可辩驳。”龙马来到佐州屋，返还舶来表，向金藏谢罪。金藏坐在柜台前，依旧态度强硬，不肯妥协。

“不能因为你把表送回来了，就要我撤下诉状。”

“的确这事不是道歉就能解决的，但是，琢磨现在被命令切腹了呀。他已经为自己所做的事深深忏悔了，罪不及死吧，我看了实在不忍心。”龙马平伏在地，“请你原谅琢磨，至少饶他一命。”

“别再说了。”

“求求你。”龙马一再磕头请求。

一个堂堂武士愿意下跪磕头到这个地步，龙马急切救友的诚意，终于让佐州屋的坚持开始动摇。

龙马带着好消息回到土佐藩邸。他把琢磨和以藏叫到半平太的房里，告诉他们这件事。

“佐州屋说他们会撤回诉状。土佐不会因此无颜面对世人了，要琢磨切腹的理由没有了呀，武市兄。”

半平太望着琢磨，后者眼中像是燃起一丝希望般望着半平太。以藏浮出喜悦的脸色，龙马则眼睛直视着半平太。

稍早前，龙马到佐州屋去时，半平太也曾陷入天人交战。他实也不想为了意气，断送一个有着大好前途的年轻人的人生。

像是要打断半平太的迷惘一般，房间门啪的一声开了。

“龙马！你在说什么！”

收二郎站在最前头，其他下士个个眼泛血丝地围在外面。

“问题不是对方原不原谅，而是琢磨背叛了我们！武市老师既然叫他切腹，他就必须切腹。”

“慢点！”

“如果原谅了琢磨，老师多日来的努力全都白费了呀。”收二郎高声说。下士们也纷纷跟着说：“说得没错！”

收二郎的怒火也烧向以藏：“以藏！你怎么跟龙马一鼻孔出气，你这样算得上是武市老师的门人吗？”

“别说了，收二郎。”半平太下定了决心，“琢磨，趁着今晚给你土佐的父母写信吧。”

“请等一下！”

半平太露出冰冷的眼神朝只想救命的龙马看了一眼，随即走出房间。

难道没有办法了吗？龙马沮丧不已，收二郎竟又补上了几句：“龙马，你在这里是个阻碍，又不是我们的同志。琢磨，起来！以藏也是。”

琢磨被其他下士拉了出去，以藏向龙马瞥了一眼，露出绝望的表情跟着出去了。

收二郎离去时，还不忘提醒龙马：“趁这个机会，我顺便警告你，回到土佐别再接近加尾，我会帮我妹妹找个门当户对的人家嫁的。”

对自己使不上力的愤怒无从发泄，龙马猛地起身推开窗户，焦躁的心情才略略平抚。刚才看到的月亮，犹如什么事都没发生过般高挂在夜空中。龙马怀着悲愤难平的心情遥望这一轮明月。

同样的月亮，加尾在土佐的家里同样看得入神。不久之后龙马就会来接她。希望会……不，是一定会。加尾的脸庞自然而然地漾出了一个温柔的微笑。

月光也从小窗照进了安艺奉行所的大牢。

“我从小到大，一心一意想的就是如何以学问立身。可是，开私塾，向弟子收钱……或是受谁的赏识为他参谋……结果都和龙马凭靠他的剑术没什么两样。”弥太郎直盯着一个点，整理思绪。

和他谈话的长须老人，敌不了睡魔的诱惑，就快睡着了。“龙马这人我不认识，他是学剑的啊。”

“不过，做生意却不同……你说得没错，物的价值因人而异……只要自己有才学，就一定会做生意。”

老人没有回答，他已经进入了梦乡。不过，弥太郎不在乎，继续自言自语。

“生意嘛……”他望着空中深深地思考着。

同一个月夜，琢磨在屋里提笔写信给父母，信写完已是满脸泪痕、呜咽不止。

叩叩，一个轻敲雨窗的声音，琢磨讶异地打开雨窗，只见龙马倚着墙躲在月光的阴影下。他眼神锐利地左右张望了一下，然后转向琢磨。

两条黑影混在黑夜中，在偏僻的小路上疾行。高挑的身影走在前面拉着后面较矮的黑影前进。

“从这里开始，你就自由了。”龙马停下脚步，确认没有人追上来，“山本琢磨这个人好不容易来到这个世上，岂能这么简单地枉送性命！”

“龙马……”

琢磨还没喘过气来，龙马紧紧扶住他上下起伏的肩头。“你不能再回土佐去了。不过，一定有地方可以让你活下去的。千万不能忘记自己的罪过，但也不能卑怯，要堂堂正正地活着。”

琢磨啜泣着点头。

“去吧！琢磨。”龙马把自己的钱包塞进琢磨怀里。

“龙马！”

“多保重，琢磨。”

“谢谢……龙马……谢谢！”琢磨哭着后退，然后转身向前跑。在月光的映照下，琢磨的背影愈来愈小。龙马一直目送他到看不见为止。

第二天清晨，其他人终于发现琢磨失踪了，半平太立刻到留守居役[①]藤崎主税的房间低头禀告。

“这都是我武市半平太的疏忽。”

户川极为不悦地站在藤崎身边。“是你故意让他逃走的吧？”

“山本切腹的准备都已经做好了。”

藤崎并不想搜寻琢磨，把事情闹大。“不过，武市，你可脱不了责任。”

既然负有监督之责，半平太自然没有辩解的余地。

辞出藤崎的房间后，半平太回到自己的房间收拾行李，龙马来到他房里。

“你要回土佐去了吗？”

“我奶奶的身体不太好，我不忍心丢给阿富一个人照顾。”

---

① 即藩邸的管理人。

半平太快速地打点好行李，冷不防开口说："是你放他走的对吧？龙马，我一直把你当做朋友。没有人可以像你这样让人心境平和。可是……以后你不要再阻碍我。我不能再被眼前的小事绊住。"

"……琢磨的命，就是眼前的小事吗？"

"没错。"

"这种话只有妖魔才说得出口！"

半平太停下手边的动作看着龙马。"只有成为妖魔，才能成就大事业。"

"武市兄胸中有着改变土佐、改变日本的大志，可是……同时也有爱惜一朵花的闲情。妖魔，是不懂得赏花的。"

桌上插着一朵姿态优雅的花。半平太取刀，单膝跪起，刀光闪过，被斩断花茎的花儿颓然落下。

"别自以为什么都懂。"半平太的白刃停留在空中。

"祝你旅途平安。"龙马俯身问候之后，走出了半平太的房间。

龙马虽然离开了，但半平太的桌上还留着断了头的可怜花朵。虽然怜惜花朵，但龙马的话仍然在心中不停翻搅。

我是正确的，半平太对自己说，强压下心中的迷乱。

第十章　加尾的抉择

安政四年（一八五七），幡多郡奉行后藤象二郎这个青年把弥太郎从牢里释放了出来。象二郎是奉叔父之命前来的，他的叔父不是别人，正是吉田东洋。

安政五年（一八五八）一月，弥太郎从牢里被放出来的一年后。

“坂本龙马，你已掌握北辰一刀流精髓，今日授予你北辰一刀流目录。”定吉举起纸卷，龙马恭敬地接下。对有志学剑之人，获赠“目录”乃是至高无上的荣耀。这也表示师父已将门派的精髓传授与他。龙马感动得难以言语。

重太郎如同是他自己得到一般高兴。“终于到达这一境界了呢，坂本君。”

“恭喜。”佐那也祝贺说。

“非常感谢。”

龙马心里充满了感激与喜悦，但定吉却训诫说：“你的剑术已到达最高境界，接下来你必须自己开拓身为‘人’的道路，这不是件轻松的事。不过，坂本，只要能超越这份痛苦，你就能找到属于自己的生存之道。”

“师父所说，弟子绝不忘记。”龙马将定吉的教诲深深记在心里。千叶道场的修炼虽然已经结束，但人生的试炼才正要开始。

龙马即将告别道场离去，佐那快步向他走来。

“我们……从此就要分别了吗？”

“……是。”

“我……我一直非常喜欢你。”

“土佐有对我非常重要的事物，对我来说，那是无可取代的。我必须回到那里去。”

“……那是坂本君选择的道路吗？”

“……是。”

“是吗……与你一起练剑的日子真的非常快乐。请多保重。”

“谢谢小姐。”

“再会。”

佐那勉强微笑，龙马简单地行礼后离去。他没有回头。明白佐那心意之后，淡然离去是他唯一可以为她做的事。

从江户起程之时，龙马写了一封信给加尾。

“我在江户的修炼已经结束。此恩此义，坂本龙马必将回报。加尾，我要回土佐了。”

加尾读了信，更加焦急地等待龙马归来。

——龙马第二次结束江户修炼的那一年，日本与美国签订了修好通商条约。不，说得正确一点，是被迫签下修好通商条约。谈判方正是美国总领事哈里斯。为什么说是被迫呢？因为这项条约只对美方有利。而独断决定签下此条约的，正是幕府大老井伊直弼。

彦根藩主井伊直弼以谱代大名领袖的身份，于安政五年四月，就任大老之职。

“与我唱反调的那些人，根本不了解时势。如果拒签条约与美利坚开战，日本毫无胜算！”井伊对着俯身在他面前的老中，把交易的想法告诉大家。

井伊一上任，便派堀田再次上京，恳求孝明天皇理解签订条约的必要，并请求许可。但是，他并未得到敕许。美利坚施加的压力愈来愈大，井伊判断幕府已到非答复不可的时刻了。同年六月，在未获敕许的状况下，日美签订了修好通商条约。之后，这成了一个遗祸不断的不平等条约。

安政五年九月，龙马平安回到土佐坂本家。

“这是北辰一刀流的目录……”

权平情绪激动地接过龙马奉上的证书，伊与、春猪、千野也跟着雀跃欢呼。龙马高兴极了，招呼明明就很想看，但却远远坐在一旁的乙女姐过来。“乙女姐也来看嘛。”

“想看是想看……但总不能把丈夫丢在一旁……”

乙女的夫婿冈上树庵正坐在身旁喝茶。树庵不是武士，而是医生。权平立刻把证书递给他，树庵说声“惶恐”，便接过证书低头仔细欣赏。

“哦，真了不起！”

乙女也跟着看证书。“的确。”

“我是个医生，不太懂剑术。听说龙马大人从小就很辛勤学剑。”

“小时候，天天被乙女姐教训呢。”

乙女不希望别人知道得到北辰一刀流目录的龙马，是被自己教训着长大的，非常焦虑，不过树庵倒是不以为意。

“这没什么，我早就听说你是坂本家的仁王菩萨了呢。”

“这是谁说的！”乙女涨红了脸。乙女仁王菩萨的称呼，在伊与嫁给八平为继室之前、千野嫁给权平之前，早就是人尽皆知的事实。

一家人在一起欢乐地谈话，让龙马开怀大笑。

权平以一家之长的架势发言：“总之，得到目录真是太好了。世道多变，但有了北辰一刀流的证明，就能放心了。龙马，可以开剑术道场了。”

全家人都举双手赞成，还有人说，最好离坂本家近一点。

龙马躺在自家浴桶，享受久违的舒畅。

“没想到乙女姐也嫁人了，我第一次看到姐姐那么贤惠的样子呢。”

澡间外，帮忙烧柴的乙女说：“冈上家又小又破，跟坂本家不一样，什么事都要啰唆。”

虽说是冈上家主动上门提亲，但他们其实只是想要个强壮有力的媳妇来当帮手。对一个女人来说，乙女未免太可怜了。

“龙马，你一定得跟自己喜欢的人结为夫妇。”

“……当然。”

“我说你啊，有没有喜欢的人？”

“这……不能说。”

“为什么不能对姐姐说，快告诉我。”乙女用竹筒拼命吹气，火势一下子旺了起来。

“因为还没有确定嘛……好烫啊！”龙马从浴桶中跳了起来。

第二天，龙马在神社前见到了加尾。龙马从江户写了无数的信给加尾。加尾每次收到信总是读了再读，一心一意等着龙马回来。加尾这种心情，是打心底里的高兴。

“哦，对了。我带了礼物给你。你看。”

龙马从怀里取出一支发簪，插在加尾的头发上。

“我就知道你戴会很好看。”

“谢谢……”加尾的心狂跳。

“加尾，我在江户的修习已经结束了。要贯彻自己的人生目标，就不能再用别人或自己当借口。若是可以，不管世事如何变化，我都要保护自己最重要的东西。”

“最重要的东西……我很期待，接下来的坂本龙马能有什么作为。”

就算是开班授徒，他也不想请权平帮他开道场，而是找块空地，先从教小孩子们做起，以后再凭自己之力开设道场。

“有一天，我要造一艘黑船，开着巨船到世界各地旅行，和家人……还有你一起去。”龙马说起未来的梦想，眼神直盯着加尾，“加尾，我不会再离开了，我会永远留在你身边，你愿意成为我的妻子吗？”

“……愿意。”泪水自加尾的脸颊上滑落。这一天她等了好久好久。

“让你久等了。”

加尾放声大哭。

龙马与加尾并肩走着，心里描绘出燃着希望的人生。

一天，龙马在路上遇见了半平太和以藏。

“听说，你取得北辰一刀流的目录了。”

消息已经传到半平太耳中，以藏当然也知道。

“真棒啊！你已经是土佐最厉害的剑士了。”

“别这么说。”龙马谦虚地笑了笑，蓦地，半平太脸色转为认真。

“龙马，你不在这段期间，吉田东洋已恢复了参政职，井伊直弼向美利坚屈服，签订了条约。这个国家已濒临危险，那个吉田东洋居然还认为攘夷无稽，要我们罢手。如果把土佐交给那个人，一定会陷入万劫不复。”半平太颇为焦虑。

龙马曾因弥太郎与安艺奉行所的纷争，与东洋见过一次面。

(我是个天才。)

不把人放在眼里的家伙。龙马回想着东洋的嘴脸时，思绪被以藏的说话声打断。“龙马，成为我们的同志吧！一起帮武市老师。”

“你的剑术应该能为攘夷出一番力的。”半平太也热切地抱持期望，但龙马无论如何想不通。

“出力是指……我得为了攘夷去杀谁吗？”

半平太没有回答，只以锐利的眼神凝视龙马。

“我是靠家里的资助才能去江户，现在我得先回报这份恩情。”

龙马抛下两人走了。他与半平太渐行渐远，就和心灵上的距离一样，一丝寂寞油然而生。

——吉田东洋虽然恢复参政一职，但批评井伊直弼的藩主山内丰信却遭受蛰居的处分。于是治理土佐之职完全交在吉田大人手上，他第一步要做的就是土佐藩政的改革。

东洋的改革从紧缩财政开始。

“从今日开始，禁止一切铺张浪费。包括我在内，所有人的俸禄削减五成。”

继而东洋开始调度人事。

“并废除侧用人[1]等无用的职务。多年来辛苦你了，柴田大人。”

对侧用人柴田备后来说，这宛如晴天霹雳。

一方面推动改革，东洋还将前一年从牢里释放出来的弥太郎叫到自宅来。

“你到长崎去。”东洋对平伏在院里的弥太郎下令说，“日本已经开国，从此之后，土佐藩要与外国交易来赚取钱财。你去长崎调查，什么样的东西可以卖给什么人。”

“您让……我去？！”

这是个重要的任务。东洋读了弥太郎在狱中写的信，认为此人可用。

“看起来，你颇有从商的长才。”

“多、多谢大人。”

① 侧用人是江户时代幕府和诸藩均设置的一个职务，正式名称是御侧御用人。在诸藩设置的侧用人，多半处理藩主的家政，可以说是藩主的秘书，与幕府的侧用人职务略有所不同。

没有人知道运气这东西到底是受什么摆弄。

突遭解职的柴田大发雷霆，挥刀把门砍成两半，身边的人完全不知该如何是好。

“大、大人，有一个人自称武市半平太，前来拜见大人。”弟子畏畏缩缩地前来禀报。

“武市？”柴田第一次听到这个名字。

半平太被引进庭院，恳切地陈述自己对土佐藩被东洋把持的忧虑与担心。

“现在，民间对井伊直弼大人独断独行决定开国的怒火，与决心驱逐外侮的攘夷风潮不断升高。但是吉田大人无视此点，柴田大人若不尽早回掌藩政，土佐藩未来命运堪忧。”

半平太的话让柴田颇感兴趣，一副想好好听个明白的样子。“你叫武市吗？说说看，你有什么好办法可以把东洋赶出藩政？”

“土佐若发起攘夷风暴，吉田大人就会失势。武市愿发起这场风暴，为柴田大人效犬马之劳。”

感觉到柴田反应的半平太，于是找了收二郎、清平、卫吉、茂太郎等，弟子中年长且彼此相知的同伴们，在饭馆二楼的房间里集会。

以藏一如往常地跟在后头，半平太温和地对他说：“下去守着，别让人进来。我们有重要的事商量。”

以藏顺从地下了楼，抱着刀坐在楼梯口。“太难的事怕我听不懂吗？”心里觉得很不是滋味。

在二楼，半平太把和柴田密商的事告诉众人：“你们知道京都的三条实美大人？朝中重臣中，他最热衷攘夷之事。事实上，柴田大人是这么对我说的……”

听了半平太提出的想法，柴田深思之后想出了一条计策。

(土佐若要沾染攘夷色彩……与三条实美大人结盟，你意下如何？……)

(如果可以的话……可是，朝廷对我们来说有如天一般高，要怎么样才能与实美大人……)

(送个密探进去。)

山内丰信的妹妹恒姬嫁入的是三条实美之兄三条公睦大人家，土佐藩与三条家缔有姻亲关系。可以派个眼线到府内，担任恒姬近侍，以便打探京都情势。

井伊直弼已针对反对政策者展开镇压行动。土佐连藩主都被下达蛰居处分，男子的行动引人注目，但女性的近侍应该不会惹人注意。

“你们知道哪个女子适合担任此一任务吗？”半平太一问，大家都开始思考适合担任此职的女子。

“武市老师！”收二郎兴奋地抬起脸，挤到半平太身边。

加尾把玩龙马送她的簪子，细细体会迟来的幸福。纸门映出收二郎的身影，加尾赶紧收起簪子，不过该是向收二郎表明的时候了。她端正坐姿，等待收二郎进入房间。

“我有话告诉你。”收二郎往加尾面前一坐，开门见山地说，“你应该也知道，藩主大人的妹妹恒姬小姐嫁到了京都。武市老师正为恒姬公主寻找侍女，我推荐了你。虽说是侍女，但真正的任务是将三条实美大人的动向传递给我们。”

“哥哥。”

“为了攘夷大业，这是一项重要的任务！你去京都吧，加尾。”

“任务……到什么时候？”

“可能一辈子都得在那边生活。这是为了土佐藩，为了日本哪！”

“我不要！为什么要挑我？我不想离开土佐，我想在土佐嫁人，过着幸福的日子。”

“……是因为龙马？我不允许你跟他在一起！他不想了解攘夷，在国家存亡危机之际也不肯站出来，这种人别妄想娶你！”

“龙马有龙马自己的想法！”

收二郎手一挥，加尾的脸颊一阵刺痛，跌到了坐垫上。

“哥哥说的事，我绝不答应。”加尾哭着冲出屋外。

听到收二郎说明事情经过的半平太，却要收二郎不要勉强不愿意的加尾。“还有其他的女性可找，没必要牺牲自己的妹妹，收二郎。”

“武市老师……我们吃尽了生为下士的苦，这种苦比死还难过。”收二郎一字一句地说着，再这样下去，加尾一辈子都得背着出身下士家的身份，过着受人欺压的生活。但若她能成为藩主妹妹的侍女，就能到京都生活。

“我是为了妹妹的幸福，才决定让她去京都的呀。”收二郎眼中含着泪水，口气却突然变得又气又怒，“而且……龙马不能给加尾幸福！”

“……龙马？”半平太疑惑地反问。

在整理好前往长崎所需的行李后，弥太郎到神社去参拜。

“藩里竟交给我这么重要的职务！我出头的日子终于来临了。感谢神明。香油钱暂时先充做我的旅费，还请神明见谅。”

他虔诚地合十祈祷，结果却厚脸皮地赖掉了香油钱。他正准备出发，脚步却倏地停了下来，龙马正沿着直通本堂的石阶走上来。为了自由地练习挥刀，他特地来到没人打扰的神社空地。

“弥太郎，你在这儿做什么？”

“哼！我已经不是从前的岩崎弥太郎了。我现在要出发去长崎，为土佐藩未来与外国交易之事，进行事前调查。这可是吉田大人亲自交代我的工作。”

龙马听说这是东洋的指示颇觉意外。前些日子，他才从半平太的口中听到吉田东洋的名字。

“那位大人真是不得了的人物。他不看轻下士，只以才学来判断人。”两人差点被砍头的往事还仿佛就在眼前，弥太郎却对吉田东洋一直赞不绝口。

“是吗……加油，弥太郎！你无论做什么事都一定会成功的。”

“神气什么！下次见面时，我已是云端之人，见了面你连打招呼的资格都没有。”弥太郎似乎忘记了自己曾坐过牢，这傲慢的态度很有他的风格。

“气势十足呀！”龙马笑着鼓励他。

回家之后没多久，加尾光着两只脚，慌慌张张地跑来，见到龙马便大哭了起来。

“加尾……发生什么事了？”惊讶的龙马和跟着迎出来的乙女面面相觑。

夜深了，四处都是虫儿鸣叫的声音。半平太在灯笼的光线下读书，忽地虫鸣声停止了，半平太抬起脸，视线透过门看向庭院。他起身拉开拉门，月光下站着的是龙马。

龙马进屋，与半平太相对而坐，静默地互相凝视。半平太迎视龙马，终于，龙马压低声音开口说："我从小就十分尊敬武市兄。武市兄说的话都是对的，武市兄做的事绝不会错。我一直这么认为。"

"……现在不一样了吗？"

"武市兄变了。在江户你要山本琢磨切腹，现在又要加尾到京都去。攘夷真的这么重要？非牺牲从小到大的好友吗？"

"……当然。"

"既然如此，你现在就叫以藏他们到下田，把外国人杀个片甲不留不就行了。"

"为了保护日本不受外国侵略，必须匡正现在的幕府，为了匡正幕府，土佐藩必须强大。因此，我们必须在藩中握有实权。"

"就因为如此，就必须把吉田东洋大人当成眼中钉？我不认为吉田大人是坏人，弥太郎就是受到他的提拔才去了长崎。土佐何时见过这种上士？"

"你只是不想和加尾分开。"半平太巧妙地转开话题。

"……我和加尾已经私订终身，我不能让加尾到京都去。"

"这是武士该说的话吗？"

"我不想屈己从人地活着！我曾对此剑发誓，世上的事不管怎么改变，就算赌上性命也要保护最重要的东西。"龙马直起刀，表示绝不动摇的决心。

加尾被带进坂本家内屋，由乙女照顾。原来，就算乙女把洗澡水烧得滚烫，龙马也不肯透露的人就是加尾。

“加尾小姐，你愿意嫁给龙马，是我家最期待的事了。两情相悦结为夫妇，真是可喜可贺。不用担心，我绝不会让什么攘夷拆散你和龙马的。”

“乙女姐。”乙女的一番话，让加尾感激得热泪盈眶。

拉门开启，龙马从半平太家回来了。“我已和武市兄说过了，别担心，加尾，我会保护你。”

“……龙马哥。”

但加尾可以安心的时间十分短暂。

“不过，今天你还是先回家去，不能住在我家。你父亲和收二郎一定都很担心。”

“我不回去！”

“我们还不是夫妻。女孩子还没出嫁就住进男人家里，若是传出去，结果反而让我得跟你分开，那不是更糟。”

乙女明白加尾的感受，但若僵持不下，事情的发展可能更不可收拾。“龙马说得没错。加尾，我送你回去吧。”

“明天，我在那间神社等你。”

龙马微笑，加尾终于点头答应。

不过，龙马何时变得这么有男子气概？乙女好羡慕加尾，想到自己，又觉得有一丝寂寥。

半平太独自待在道场，向空凝视陷入沉思。

（你在犹豫什么）

突然一阵声音响起。顺着声音的方向看去，昏暗中他看见一个跪坐男子的膝头。

(你不是想为攘夷尽心尽力，接着名扬天下，成为撼动天下的人吗？还在担心什么。)

是半平太自己的声音。一个半平太陷在迷惘中，另一个半平太则在叱责他。

(忘了龙马说过的话！)

“可是……”

(被这种小事影响，你还能成为自己期望中的人吗？！)

“安静！”他大喝一声，另一个半平太消失。

第二天，半平太求见柴田备后。

“对平井加尾来说，这担子还是太重了。”半平太想取消加尾的事。

“武市，我说过那个女子很适合。”

“对不起，我立刻再找别的女子。事实上，还有两三名备选。”

“你想让我颜面无光吗！？”柴田从上座下来，走到半平太身边施压，“我已经禀报恒姬公主了。现在才换人，恐怕要有人切腹谢罪才行。”

龙马在约定的神社等待加尾。小时候龙马虽然爱哭、胆小，但加尾总是笑颜以对。在久万川筑堤时，她还带便当来探望过他，那时正好有人向加尾提亲，龙马为她高兴，却把加尾气哭了。

(亏我……亏我这么喜欢龙马哥，从小就一直，一直喜欢你！)

(加尾，我喜欢你。不过，我不知道，自己是把你当成妹妹，还是当成女人来喜欢。)

龙马期盼加尾幸福。自己到了江户修炼剑术，回到土佐已是十五个月以后的事。他做梦也没想到加尾的亲事不成，而且在弥太郎的私塾里求学。当时，他才发现加尾没嫁人，自己有多么高兴。

接着，父亲八平去世，与半平太、收二郎发生摩擦，在这之中，决定了第二次江户之行。

(龙马哥还是决定走得远远的。)

(我一直都很喜欢你，没有改变过。)

他向加尾发誓，只要能拥有贯彻信念的自信就会来接她，加尾于是开始了漫长的等待。

(你愿意成为我的妻子吗？)

(……愿意。)

那一刹那，加尾流下了泪，龙马从未见过如此美丽的泪水，从此以后，他要执起加尾的手共度人生。龙马全身都因喜悦和责任而紧张。

加尾望着镜中洋溢着喜悦的自己，插上龙马送她的发簪，加尾显得更加闪耀动人。

约定的时间快到了，加尾加快了步伐走向大门。突然，她收住脚，收二郎站在玄关脸色沉重地望着加尾，半平太坐在门口，直盯着天空的一个点。

收二郎往地上一坐，眼前摆着一把刀。“加尾，如果你一定要去找龙马，我就切腹。”

“什么……”加尾求救般看向半平太，“武市哥！”

半平太仍旧望着前方，没有移动。

收二郎拉开衣襟，拔出刀。

“别这样！哥哥！快住手……住手……”加尾忍不住号啕大哭。

龙马一直在神社等候加尾。嘎嘎！乌鸦发出有如恶兆的叫声，拍着翅膀飞走了。龙马有种不祥的预感，急忙赶到平井家去找加尾。但平井家门窗紧闭。

“加尾！”他喊，但平井家似乎连个人影都没有。不安掠过心头，龙马张望着屋里的动静，忽然一声“坂本先生”，长次郎抱着装满包子的包袱站在身后。

“刚才平井先生向我们店里订了祝贺包子呢，好像加尾小姐要出远门。”

“什么……”龙马惊愕得呆站在原地。

加尾被带到了柴田备后的宅邸。

“小女乃平井收二郎之妹，加尾。承蒙大人青睐，跟在恒姬小姐身边效劳，至感荣幸。小女会满怀感激、尽心竭力地完成使命。”加尾拼命压抑混乱的情绪，在柴田面前俯身行礼，流畅地问候，表现出武家女性的修养。收二郎曾严厉地命令她，绝不可在众人面前流泪。

跟在加尾身旁的收二郎和半平太，同样也努力地压抑情绪。

“抬起头来。”

听到柴田这么说，加尾勉强挤出了笑脸抬头。

“武市，这女子很漂亮嘛。”柴田备后心情很好，向加尾问话。

“该做些什么你都知道了吧。土佐将在你的协助之下，渐渐走向攘夷之路，迫使吉田东洋下台。”

“小女定会完成使命。”加尾深深低头行礼。

“哦，真是会说话，这我就放心啦。”

收二郎松了一口气，半平太闭上眼压抑迷惘的自己。加尾低着头，努力不让泪水落下。

柴田宅邸外一阵嘈杂，远远地有人叫着：“加尾！”加尾清清楚楚地听见了，半平太等人也听见了。

柴田家的下人厉声呵斥：“什么人！”“退下！”

“什么事？”柴田备后不悦地询问旁边的人。

“加尾！”龙马的声音愈来愈清晰。

宅邸外，冲进大门的龙马被多名守卫强行推倒。

“加尾，不要去！加尾！”

龙马与数名守卫扭打起来，吃了好几记拳脚，但还是一直喊着加尾的名字。加尾俯低着脸，泪水再也止不住，奔流而下。

龙马和守卫在门外的争斗愈来愈激烈。

“这里不是你待的地方。”守卫又骂又踢，龙马的手不知不觉按在刀上。“怎么？想拔刀吗？”守卫们一齐摆出架势，团团围住龙马。

“龙马，别做傻事！”半平太面无血色地从邸内跑出来，“加尾是自己决定要去的！她自己决定的呀！”半平太抓着龙马的胸口狂喊。

“加尾她……自己……”

龙马傻了，半平太接着说：“为了不让收二郎切腹，她自己选择了去京都这条路。”

柴田备后虽卸去了侧用人之职，但并未被禁止进入高知城，登城时还是会在城内与东洋接触。这天柴田在长廊叫住经过的东洋。

“听说水户和萨摩最近摩拳擦掌，想推动禁止井伊直弼大人与外国进行交易的政策，世间的波潮何时改变很难说呢。”

柴田冷笑着想离去，这次是东洋叫住了他。“我考虑的是十年、五十年，不，应该是一百年后的事。如果看到潮流变化就跟着左右摇摆，哪能主掌政事！”

东洋丢了话就走，柴田以憎恨的眼神看着他离去。“等着瞧吧！”

就在土佐藩动荡的气氛中，加尾动身赴京服侍恒姬的日子一天一天接近了。

安政六年十二月，半平太在武市道场召集收二郎、以藏、龟弥太、清平、卫吉、茂太郎等人，宣布加尾翌日出发的事。

“服侍恒姬只是表面，事实上加尾私底下是为我们工作。大家一起为加尾远行祝福吧。”

大家都是从小就认识加尾的，除了喜悦，心情也颇为复杂。同时也有人疑问，这次离开也许再也回不了土佐，加尾真的是心甘情愿主动答应的吗?

像要斩断这些疑虑般，半平太勉励自己说：“现在的日本正处于存亡之秋，若不站上攘夷的浪头，没有一个日本人能存活下去！”

该站上攘夷的浪头，还是破浪而行呢?

龙马拿起身旁的刀，在月光的照射下，半出鞘的刀刃闪闪发光。龙马定定地看着刀刃，站在走廊的乙女看着他。

“你想靠自己的力量把加尾夺回来吗？我也很不甘心呀。但……这是加尾自己决定的，我们也没有办法啊。”说着，乙女递给龙马一张折起来的便条。是加尾留的字。

龙马来到平日相见的神社。夜色笼罩着寺院，加尾的身影在月色的光晕中浮现。两人愈走愈近，心中的感情也随之澎湃。

“加尾。”龙马紧紧拥住朝自己跑过来的加尾，“我说过我再也不会离开你了，我们不是约好，无论发生什么事都不会分开吗？”

“对不起……对不起。”加尾把脸埋在龙马胸口不断啜泣，“就算没有我……龙马哥也能好好地活下去。”

“别说了。这是什么话！”

“请你替我活出我无法拥有的生活……还有比我更重要、更伟大的事等着你，不是吗？去把它找出来。我相信你一定找得到的。因为这世上，龙马哥是独一无二的……我喜欢的人只有你一个。”

“加尾……”

“永别了……永别了，龙马哥。”

不想让她就此离去，龙马将加尾拥得愈来愈紧。

第十一章　土佐沸腾

弥太郎寄回家的信，弥次郎总是要早纪一念再念。

“我正在长崎努力工作，作为藩主大人代理人，见到了许多外国商人，和他们谈生意。”

“刚才这句再念一遍。”弥次郎在念信过程中打断了好几次，要一直忍住笑的早纪重念。

“作为藩主大人的代理人。”

“弥太郎是藩主大人的代理人啊！和外国人士角力，不知道都是谈哪些生意呢？那家伙的脑袋那么聪明。”弥次郎感慨良多。

“你又来了，儿子总是自己的好嘛。”美和笑得说不出来话来。

早纪又开始继续往下读：“每天晚上，我都在丸山的花街摆宴招待商人们，当然全都是藩里出的钱。我终于出头啦！父亲，岩崎家就要安泰了。”

“哼——嘿！再多听几遍都行！早纪，从头再念一遍。”弥次郎志得意满。

美和不想再附和他，走到门口取柴。

“你也该听够了吧。”

“儿子出人头地，我高兴一下有什么错？弥太郎在长崎成为大人物了呀。”

“我知道，我知道。”美和心里自然也很高兴，她笑着打开门。

“啊！”美和突然尖叫起来。眼前站着的正是弥太郎，他一脸憔悴、眼神呆滞地站在门口。

“咦？弥太郎！你、你怎么会在这里？”弥次郎也被吓得跳了起来，“你不是在长崎吗？”

“我把钱花光了……在长崎把藩里的钱花得精光了。丸山的艺伎实在太美了啊，娇艳动人，让人看得入迷啊，一不小心，就花掉了一百两。我被人免职了啊。”弥太郎颓然坐在地上哭了起来。

“你说什么！”弥次郎腿一软，刚刚还自吹自捧的儿子，已经丢了差事回家了。

——当时我真是个大笨蛋。不过我的悲剧对世人实在太微不足道。此时的江户发生了一件动摇天下的大事。幕府大老井伊直弼，没错，就是那个将天皇意旨置之不理，执意开国，并将反对者一个个铲除的井伊直弼，被人暗杀了。

就任大老之职的直弼，为了让处境日益艰难的德川幕府能够振衰起敝，处理政务经常独断独行。其中之一便是日美修好通商条约。他未获天皇许可便自行与对方缔结条约，使得抱持攘夷论者对幕府的批判声浪日益升高。

直弼对这些反对派展开镇压，多人被捕处死，这便是所谓的安政大狱。直弼毫不留情的镇压手段扩及全国，吉田松阴也被逮捕，连公卿、大名也不例外。水户藩主德川齐昭更被命令无限期蛰居，不得外出。

安政七年（一八六〇）三月三日，对直弼独裁不满和充满危机感的浪士们，趁直弼在江户城登城时发动突袭，人称樱田门外之变。涉及暗杀直弼的人士，多为水户藩的脱藩浪士。

——因与井伊直弼的政策采反对立场，被勒令闭门蛰居的前土佐藩主山内容堂（丰信的字号），接到此讯喜出望外。

“什么！井伊扫部头[①]他……”容堂顿住了，但听说刺客是十八个水户浪士，又突然笑了出来，“哼，竟然有这种事！开门！我隐居的生活结束了，把所有的门打开！”

阳光射入屋内，容堂突然停住了笑。

“唯我独尊的大老在江户城前简简单单就被刺死……原来幕府已经衰弱到如此不堪哪……”

面向着刺眼的阳光，容堂却陷入了暗淡的思潮当中。

半平太接到直弼被暗杀的消息时，刚陪着唯一的亲人祖母阿智走完最后一程。在世事无常的想法中，半平太决心以阿智的过世作为另一个起步，迈向自我之路。

“仅仅十八个无名浪士，就能对井伊扫部头下了天诛！”

收二郎、以藏、龟弥太、清平、卫吉、茂太郎等十几名

① 扫部头为幕府时代官职，扫部寮之主管，负责宫中坐垫的调度或仪典时会场的布置打扫。井伊直弼在成为大老前，曾经担任此职。

弟子眼神炽烈，专注地听半平太讲话。

“这是幕府对天皇视若无睹、径行开国的报应。我们与水户浪士一样，有刀剑在手，该是把世道翻转过来的时候了。”

半平太拔刀挥舞。

龙马站在道场门口，环视大声应和半平太的弟子们。那些龙马不曾见过的人，还有年轻的池田虎之进、竹山小太郎等，个个激动得脸色泛红。武市道场的弟子人数又增加了。

半平太继续说，但似乎是有意说给站在门口的龙马听。“不用再害怕上士了。我们要以下士的力量，将土佐藩推成攘夷的先锋！”

“是！”众人大声齐呼。

弟子们离去后，龙马长久以来第一次与半平太两人独处。

“这段时间，你都在做什么？”

“每天都在看海。”

加尾去了京都之后，龙马不和家人说话，甚至连笑容都忘了，每天过着行尸走肉的生活。他呆呆地坐在海滩上数着打上岸边的浪头，但只要视线一转向远方的天际线，加尾的影子便不断出现。

“你还在为加尾的事恨我吗？”

半平太这么问，龙马沉吟了好一会儿才谨慎地回答：“我知道，是我以前太天真了。我一直认为，不论周遭怎么纷乱，也能走自己的路。可是我发现，活在这世上是不可能独善其身的。既然如此……我也只好纵身跳入这个世界。”龙马单手拿着木刀左右挥动。

“龙马……所以你才来这里听我讲话吗？！你愿意与我一

起战斗了吗？”

半平太希望龙马赞同他的攘夷，但是龙马却担心着其他的事。他担心以藏或龟弥太等半平太的弟子会在攘夷的名义下，冲动冒进，做出傻事。

“日本面对的是有史以来最大的危机。这些外国人掀起的波涛，已不是伫立不动就能摆平的。如果我们什么事都不做，日本这个国家就要灭亡了呀。”

“你想得真远啊。”

半平太一看是机会，膝行向前想极力说服龙马。萨摩、长州、土佐都已各自拥立自己的藩主上京，挟天皇之威，强逼幕府实行攘夷。为了达成此目的，首先必须匡正幕府，而先决条件便是让土佐全面投入攘夷。

“所以才要迫使吉田东洋下野。东洋身为参政，掌管藩里政务，却一点也不明白日本当前的危机。”

“总之，武市兄现在想做的，就是让吉田失去权力是吗？若是如此，又何必用那么激烈的字眼煽动大家？刚才武市兄说，和水户浪士一样，我们同样也有刀剑在手，再也不用害怕上士了。”

“这有什么不对？”

“你这么说，大家都会相信的。若真的有人找上士对决，该怎么办？”

半平太不屑地笑了，他觉得龙马的担心太过多余。“没我的允许，没人会做那种事。我告诉过他们，要有撼动山河的气概。”

“大家都崇拜武市兄，武市兄一句话影响他们的喜怒哀乐，甚至忘了自我。这一点请千万不要忘记。”

“原来你说纵身跳入这个世界，是要对我说教啊？”

“请原谅我。”龙马起身，希望这只是自己杞人忧天。

“龙马……你变了。”

“刚才我不是说过了吗？我只是明白了自己的天真。”龙马说完话，便告辞离去。

但事情就发生在当天。龟弥太脸色苍白地冲进武市家。

“虎之进，虎之进……砍死了上士！”

“什么？！”

虎之进发生的事，像疾风般在弟子间传开。

“喝醉酒的上士，找虎之进弟弟忠治郎的麻烦，还把他给砍死了！”清平一面向卫吉说明，一边拼命迈着大步。

“难怪虎之进会这样做。”

“他听到消息急忙赶去，把在场的两个人都给……”

紧跟在清平和卫吉之后、背着鸟笼的弥太郎从路旁跑出来。他在路旁草丛中听到两人的对话。

吉田东洋的宅邸也接获讯息，据家臣禀报，虎之进一到忠治郎被杀的现场，立刻砍死了杀弟凶手益永繁斋，一抽刀又砍死了山田广卫。益永和山田都是御小姓组[①]的上士。

东洋脸色凝重地听取报告，跟在一旁的象二郎急忙催问家臣状况。

“后来呢？”

---

① 御小姓组，江户幕府及诸藩组织中，掌管军事方面的单位，战时是直属主帅的禁卫军，平时是城内主公的警卫。

“城下的上士们气疯了，他们陆续在山田大人的府上集结。”

“那个叫池田虎之进的，抓到了没有？”

“下士们不肯把他交出来。几十名下士聚集在武市道场，把池田藏了起来。池田是武市道场的弟子。”

“下士们是想向我们上士宣战吗？”象二郎怒斥。

东洋在一旁念着“武市”的名字，此人他倒是早就知道了。

——多年来，上士和下士争端不断，但是闹得这么大的事件，是土佐开藩以来的第一次。而且是下士发动的叛乱。

弟子集合在武士道场，每个人都情绪沸腾。

“慢点！大家冷静一点。你们打算与上士为敌吗？别干傻事啊！”

“武市老师说得没错，大家冷静！”

半平太和收二郎竭力安抚怒气沸腾的弟子，但清平、以藏和卫吉等从以往就一直在一起的伙伴，对上士的愤怒已难以遏止。

虎之进坐在道场一角，弟弟被杀的悲愤，还有杀人的亢奋，让他的情绪几乎失控，不断掉泪。虎之进的身影，与自关原之战以来下士对上士长达二百五十年的仇恨，令众人的怒火燃烧到顶点。

“终于，这一天终于来临了！”以藏激动至极，流下了泪来。

半平太拉高嗓子：“你们想成为逆贼吗？向上士挥刀，就等于是向藩主大人造反哪！”

嘈杂的声音瞬时安静了下来，那一刹那，只听见以藏的声音说："老师，是你告诉我们，不用再害怕上士了。"

"和水户浪士一样，我们有刀在手，不就是为了这一刻吗？"龟弥太继以藏之后呐喊。道场内此起彼落地跟着吼："没错！""跟上士拼了！"

"慢着！慢着！"

收二郎拼命压制众人的时候，龙马在门口出现了。龙马一个人一个人地望着走了进来，道场内再次沸腾。

"龙马，你是来支持我们的吗？！"茂太郎面露喜色说。

"北辰一刀流的高手加入我们，就可以给那些家伙们好看了！"以藏鼓舞众人，道场内欢声雷动。结果龙马却是冷静地劝告大家："武市兄说得没错。不分青红皂白胡乱挥刀，也只会被说下士果然是下士，全是一群无赖罢了！"

以藏撅起嘴，清平满面失望。

"如果不想抗争，就快点滚出去！"

"如果你们坚持要开战，那就先跟武市老师断绝关系吧。违逆师父之言，那就表示再也不是他的弟子了，不对吗？！"

同意龙马所说，半平太同样看了众人一圈，场内霎时沉静下来。弟子们并不愿意和自己崇拜的武市断绝关系。

"照你这么说，那我们这口气要往哪出啊？"以藏带着哭声说。

"老师，难道真要听上士的话，把虎之进交出去吗？"卫吉质问说。

"当然不能，我去让他们明白错在上士。"

半平太已心有定见，但龙马认为半平太此时出面太过危险，上士们一定都在等着他。

“还是让我先去吧。他们也一定都在气头上，武市兄这时候过去，恐怕还没开口他们就砍过来了。”龙马一转身，从容不迫地往外走去。

上士们聚集在被杀的山田广卫的宅邸，早就有人心急地开始打点战斗装备。在这么多张面孔中，还有户川信次郎和泷井耕辅二人。那次山本琢磨将舶来表卖到旧货店引发的骚动，就是因这两人检举琢磨而起的。

“那些家伙窝藏池田，打算跟我们直接对上吗？”

泷井口气激愤，户川也打算给下士们一个好看。

“大家都准备好了吗？等下我们一起闯进去，把杀死山田大人的池田虎之进揪出来，让那些下士们尝尝我们的厉害！”

上士们声势沸腾，东洋与象二郎也带着随从跟着到来。“你们给我冷静点！”东洋劈头便是斥喝，“下士们敢对上士拔刀相向，已是抱着必死的决心。如果鲁莽闯入，一定会开战！下士集结了多少人，你们知道吗？”

东洋一问，上士疑惑地面面相觑，没有人知道答案。

这时，不知从哪儿传来一个声音：“约有五十名，是我亲眼所见。”玄关前，弥太郎平伏在地，“下士们准备了长枪和弓箭，打算一雪长年积怨。报仇的时机终于到来，他们的声势愈来愈盛。”

弥太郎把他从以藏和龟弥太那里偷听到的内容如实向东洋禀报，但象二郎并不相信他的话。“弥太郎，你也是下士，为什么要告诉我们这些？”

“没有上士就不会有下士，那些家伙居然忘恩负义，真是太不像话了。”

尽管弥太郎谦恭至极，却还是突然被象二郎重重踢了一脚，翻了个筋斗。“在长崎花掉藩银一百两的混账，在这里说什么鬼话！”

“对不起，对不起。”弥太郎又爬了起来，恢复原本平伏的姿势，“属下辜负了吉田东洋大人的期待，实在该死。不过，属下花那百两银子是用来招待长崎重要的商人和外国人，完全都是为了藩的未来利益考虑，绝不是为了自己花的。”

“你还敢狡辩！”

“等等，象二郎！”象二郎打算再踢他一脚时，东洋出声制止。

“岩崎，你的意思是说，你用掉的钱将来能帮藩里赚回好几倍，是这个意思吗？”

“是！就是这个意思。”

东洋目光炯炯，像在忖度平伏在地的弥太郎所说是否属实。

“好，我相信你。我原来就看好你，才派你去长崎。我的眼光应该不会错。我任命你为‘乡回’。不错吧，岩崎，又可以当差了。”

乡回的任务，是探察下士的动向向上面报告，也就是说是个密探。

“谢、谢谢大人！大恩大德没齿难忘。”

弥太郎满心感谢。在长崎一掷千金之后，他又再度落魄到街上卖鸟笼的穷光蛋，在未来一片黑暗之时，又出现了一线生机。

“谢谢大人！谢谢大人！”弥太郎连磕了四五个头。

屋外传来一阵急迫的喝止声："是谁！""站住！站住！"一名上士跑了进来。

"启禀大人，下士进来了。下士攻进来了！"

府内一片哗然。

"有多少人？"东洋厉声问。

"只、只有一个人。"

这个敢单枪匹马闯入的到底是谁？象二郎、户川、泷井奔出屋外，数名上士更是拔刀将人团团围住。

"在下坂本龙马，以使者的身份前来。有人可以听我说一句话吗？"

龙马泰然自若，但上士们仍然就像要马上开战般情绪激昂。

"有人可以出面吗？"

龙马再次呼喊，东洋从屋里走了出来。

弥太郎躲在象二郎的背后，确定来的人是龙马，小声禀告："那人是北辰一刀流的高手，最好别跟他起冲突。"

围着龙马的上士们也听到了弥太郎的声音。上士们本能地向后退了一步。就在这瞬间，龙马看见了弥太郎的脸。弥太郎大吃一惊，但想躲已来不及。

象二郎跨出几步说："我是近习目付[①]后藤象二郎。有什么话可以跟我说。"

"谢谢大人。我来传话，武市想跟你们谈一谈。大家能不能把刀收起来，答应我们的请求？"

话才说完，斥骂声从四面八方涌向龙马："什么，下士想跟我们谈？""别放肆了！"

---

① 江户时代官职名，为主君身旁亲信，并负责其他藩士的监察工作。

“这样下去，土佐真的会分裂成两半，相互厮杀。最后若幕府怪罪下来，恐怕整个藩都承受不起。您希望这种事发生吗？”

这一次，四周鸦雀无声。象二郎回头等待东洋裁夺。东洋走向前，龙马立刻跪伏行礼。

东洋先要上士们收起刀，然后直视龙马。

“我见过你。”

“之前曾到吉田大人宅邸拜候。”

“哦……”他想起来了。就是为了安艺奉行所和村长勾结一事，与弥太郎一起来的人。“如果谈谈就能解决此事，当然是最好。象二郎，你去和武市谈。”

“啊！什么？”象二郎大为慌乱，他没想到事情这么简单就有了结果。

龙马松了一口气，低头道谢：“多谢大人，在下立刻回去把您的意思传达给武市。”

龙马毫不在意东洋的视线，转身离去。

——真是令人难以置信。这个龙马……什么时候变得这么胆识过人了……之后，武市半平太与后藤象二郎在永福寺见了面。

“这件事的起因是上士无端砍杀下士。”

“上士砍杀下士不需要理由！”

半平太与象二郎的谈判，从争论谁是谁非开始。

“虽是下士，但他也是藩主大人的随从，杀了他就是向藩主大人挑衅。”

“向藩主大人挑衅的应该是你们。吉田东洋大人近日就要前往江户，与待在江户的容堂大人见面。当然，这件事也会向大人禀报。”象二郎抬出容堂的名字，整个形势对半平太大为不利。

象二郎继续追击：“藩主大人会认为，土佐怎么也有像突袭井伊大老那样的水户浪士？！总之，这次就在上士、下士双方收刀停战下结束吧。不过，池田虎之进必须切腹，你可以接受吧，武市？”

——最后，武市无力招架，同意虎之进切腹，让事件画下句号。

虎之进光荣切腹，完成身为武士的心愿。但龙马的心情始终郁闷难解，半平太也被惭愧所吞噬。

“你说得没错。害死虎之进的是我，是我煽动了他们。”

“领导众人并不容易，这里也只有武市兄做得到。”龙马本就没有责备半平太的意思。

这次事件以虎之进切腹平息，但是，半平太对这个结果并不感到乐观。为了不再重蹈覆辙，他想出了一个出乎想象的惊人计划。

“吉田东洋一定不会这样放过我们。因为这不但涉及上士与下士之争，还关系到攘夷派与开国派的对抗。那家伙现在一定在想办法击溃我们……所以我要先下手为强。我要号召土佐藩内所有下士加入，团结成一大势力。如果能成功，东洋他们就不敢小看我们。你也加入吧，龙马！”

龙马不畏上士，敢一人独闯上士邸，许多仰慕半平太的人，都对龙马刮目相看，当然也希望他能成为盟友。但龙马无论如何就是不肯点头。

“武市兄，你口口声声说要驱除外国人、保护日本，但做的却是一直和吉田大人作对。这不是很奇怪吗？现在已经不是土佐自家人同室操戈的时候了。你有什么想法，不如跟吉田大人谈一谈，让他了解你的想法吧？”

“龙马，你太天真了，那家伙不是这种人。你以后会明白，不与人争斗是无法改变世界的。”半平太结束谈话，站了起来。

半平太回去后，龙马走到檐廊下眺望被夕阳染红的天际。这是个沉静的傍晚。突然，龙马伸手取刀。院子里并无人影，但树影摇曳，弥太郎脸色发青地从暗处走出。

“弥太郎……你在我们家的院子里做什么？”

“怎么，我待在这里不行吗？告诉你，我在长崎做成了大事业，现在是吉田大人的亲信。已经是半个上士了。”

“……你来做什么啊？”

“大人传你进城。”

那天夜晚，龙马来到东洋邸。东洋透过房间油灯的光线，看着平伏在院中的龙马。“你叫坂本龙马？从前见你的时候还是一副贫寒相……不是我看走眼，而是你变了。”

东洋对一人独闯上士邸的龙马相当赞赏，陪同在院内的弥太郎，不时以怨恨的眼光看着龙马。

“你遭遇过什么事。”东洋直探龙马心思。

“没有。”

“别说谎。我看得出来，你是舍弃了什么吧。”

刹那间，龙马的眼前浮现加尾的笑容。“……若说有什么改变，那就是取得了北辰一刀流的目录吧。”

东洋似乎先是嗤笑，却又突然扬声大笑起来。“下士里居然有你这种人……坂本，靠近来。”

龙马迟疑地走向前。

“你们都认为武市是个厉害的人物。但我说，那家伙光说不练，根本一无是处。”

团结土佐，一心攘夷，拥戴容堂上京，请天皇匡正幕府——武市描绘的蓝图，东洋都很清楚，并且对它一笑置之。

“日本已经走向开国，土佐也要尽快开始和外国人交易。我开始思考的是，有什么可以卖给外国商人，土佐能制造出什么物产。我跟天天叫喊攘夷攘夷的武市，就是这里不一样。”东洋自信十足地指指自己的头。然而，思想如此开明的东洋，却坚信土佐上士、下士的差别不会改变。

“上士是上士，下士是下士，这一点就算一百年后、五百年后也不会改变。不过，下士中只要有优秀的人才，我也会予以晋用。坂本，明天起你进城来吧，我任命你为小姓组的新成员。”

小姓的职务是受藩主差遣，是只有上士才能从事的工作。

“怎么样，坂本？好像做梦一样吧？”

原本连进城都不允许的下士，突然晋升到藩主身边，这是破格的大拔擢。象二郎嫉妒得全身颤抖。

——我当时便知道了，龙马与我之间有着天与地的差别。

东洋当然以为龙马一定会接受。

“请等一等。得大人赏识，在下十分荣幸，不过请让我想一想再答复您。”

“没什么需要考虑的吧？”

“这实在太出乎意料了，在下脑中一片混乱。请大人见谅。”龙马没有实时回答。

回到家里，乙女正在烧洗澡水。从她龟裂粗糙的双手，可以看出她在婆家的辛劳。

“姐姐，冈上家里有你容身之处吗？”

“你说什么呢？”

“我气快喘不过来了……这里是土佐，是我出生长大的地方。可是，我渐渐觉得这里快没有容身之地了。”

在江户修炼剑术、看见黑船、与加尾离别，太多的经历锻炼了龙马，让他变得刚强。这些乙女比谁都清楚。

“你觉得没有你的容身之处，是因为你成长了。这是好事。”乙女鼓励了他之后，回到屋里帮龙马准备换洗衣服。

黑暗里走出来三名带着刀的人，似乎是特意等到龙马身边没人才现身。从他们的打扮看来，并不像是上士。

“是坂本龙马吗？”站在中央的人向他确认。

三个人领着龙马进到武市道场，一脚踏进道场的龙马，被眼前的情景吓得瞠目结舌。道场里挤满了下士，几乎已无立锥之地。所有人一齐望向龙马，收二郎、以藏、龟弥太、清平、卫吉、茂太郎也都意气风发地看着龙马。

半平太从这里面的中心，注视着龙马。“龙马，赞同我想法的下士们，都从土佐各地来到此处。”

大部分的人龙马都是初次见面，那须信吾、大石团藏、安冈嘉助，还有后来与龙马一起行动的泽村惣之丞。

墙上挂着一块板子，上面是墨渍黑浓的几个字。龙马念着这几个字：“土佐……勤王党……”

“攘夷是京城天皇的旨意。也就是说，只有攘夷才是对天皇效忠。因此，我们的名字是土佐勤王党！我们要奉行尊王攘夷！”半平太拉高声音宣告。

不只如此，还在龙马面前展开一张血印书。

“江户的土佐藩士已经加入我们了，龙马，你就成为土佐第一个按血印的人吧！”

血印书上有武市半平太的签名和血印，在他之后还排列着八个人的签名和血印。

“龙马，加入我们！”

“我们需要你的力量！”

以藏、清平和所有人都请求龙马按下指印。

无数热烈的视线投向龙马，龙马看向半平太。半平太的眼中充满血丝。

“我们不能没有你。”

龙马看了一圈道场，无数泛着血丝的眼睛投向龙马。一瞬间，他想起东洋的话。

（上士是上士，下士是下士，这一点就算一百年后、五百年后也不会改变。）

龙马伸出手，从血印书旁的砚上拿起小笔，写下“坂本龙马”四字。众人咽下唾沫，不放过龙马的每个动作。接着，龙马顶开刀锷，露出一截刀刃，右手无名指在刀上一划，右手拇指抵住流出的血，押在“坂本龙马”的签名下。手指离开，留下一个鲜红的血指印。

“终于下定决心了，龙马！你终于下定决心了！”半平太和众人对此大为感动。

但龙马却在众人的感动中深深叹了口气。这真是自己的人生之道吗？与世人息息相关的人生，就是和从前的伙伴一起行动的意思吗？他不知道。

听说弥太郎有急事禀报，东洋穿着寝服就出来接见。

“下士们再度聚集了？！”

“比上次多出更多，人数已超过百名。”

“……那么，坂本呢？坂本龙马也在其中吗？”

“是。”

东洋一股怒气直冲龙马而去。

第十二章 暗杀指令

——加入武市半平太土佐勤王党的人数，竟然超过了二百名。虽说只是由下士们集结而成，但俨然已是土佐的一大势力了。

下士们陆续在血印书上签名捺印。当整卷纸都被签名和指印填满时，半平太的激情也到达了最高潮。

“勤王党的王，指的是在京城的天皇。我们是对天皇效忠的党。也就是说，我们的目的是尊王攘夷。”

半平太拉开卷轴，向众人展示“尊王攘夷”四个字。

“尊王攘夷！尊崇天皇，为了天皇保护日本，不受外国人侵犯。”

大家情绪激扬，高声齐呼：“是！”

充斥在道场内的热气包围着龙马，此刻他也觉得全身灼热，但同时又感觉到有另一个自己正以冷静的眼光观察着这一切。

一股新的风潮吹进土佐这个长年闭锁的土地，勤王党的下士在路上遇到上士，也不再像从前那样低头让路了。

某天，收二郎和以藏、龙马喝酒时提起此事，畅快地笑了。

“现在连上士都要对土佐勤王党礼让三分了。”

收二郎喝着酒显得极为陶醉，自从龙马按下血指印后，收二郎、以藏和他之间的嫌隙似乎消失得无影无踪。

“因为加尾的事我们有过不少冲突，不过你肯放弃那丫头，加入勤王党，我已经不再介意了。我们还是好朋友。”收二郎心情极好地说着。龙马面带微笑，朝自己的酒杯里倒酒。

以藏已经醉了，搂着龙马直说：“我最喜欢你了！”

突然，惣之丞闪进了三人喝酒的饭馆。他来到龙马他们的桌旁，挤进三人之间坐下，又抢过以藏的杯子，帮自己倒了一杯。“给我喝一杯。”

“你这人，是谁啊？！”以藏瞪大眼睛。

“你们不记得我吗？我也是勤王党的，名叫泽村惣之丞。刚才从店外看到你们三个。”

先是敬酒。惣之丞向龙马举杯，龙马也举起自己的杯子。“在下坂本龙马。”

“我知道。坂本和别人不太一样呢，似乎并不那么热心。”

“这是从何说起呢。”龙马没答话，只是苦笑。

“你真的同意武市半平太的想法吗？”

惣之丞的问题击中龙马的内心，也引起收二郎和以藏的抗议。

“喂，你这人，在说什么！”收二郎板起脸，以藏已直起身，手握住刀柄。

“你竟然直呼武市老师的名字！”

“别这样，以藏，这样会打扰到其他客人。”龙马制止，但惣之丞却是从容不迫。

"你们也许从以前就是他的弟子，但我可是第一次和武市见面。"

"你又直呼名字！"以藏怒气冲冲。自己的杯子还被那人握在手里，让他相当不快。

"泽村说得没错。勤王党号召了两百多人，这里面可能有各种形形色色的人。"

因为龙马的提醒，以藏才不太甘愿地住了口。但收二郎对惣之丞的态度，实在看不顺眼。

"不过……"

"如果嫌我说的话刺耳，随时请便。"

惣之丞一句话堵住了收二郎原本要说的话，以藏倒是屁股一拍便要出去。他起身喊收二郎，但收二郎没动，反而盯着惣之丞。"不，我想听听看，你到底想说什么。"

"愿闻其详。"龙马也催促说。

"我对武市太失望了，他号召我们矢志尊王攘夷，但过了这么多天武市什么事也没做。既然要攘夷，就立刻冲到江户，把那边的外国人杀光不就结了？"

激烈的发言让龙马瞠目结舌，收二郎和以藏也哑然无语。但惣之丞却有如这是天经地义般继续往下说："你看看长州。久坂玄瑞成为领袖之后，已经打算发动攘夷了。我们都抱着必死的信念才加入勤王党的，现在岂是赶跑几个上士就洋洋得意的时候！"

"请稍等一会儿，你刚才说，长州的久坂……"龙马反问。

这名字收二郎和以藏也是第一次听说。

"久坂玄瑞。听说，他是吉田松阴的首席弟子。"

“咦？是松阴老师的？”

（我想知道。我太想亲眼看看外国的模样了！）

龙马回想起松阴想上黑船时充满好奇心和希望的话语。

“现在，久坂已是长州攘夷派的领袖。相比之下，武市究竟在做什么！”惣之丞对现状十分不满。

“老师在策动藩府啊！”收二郎概略地说明，为了让承仰天皇神威的幕府撤回开国的政策，土佐正与萨摩、长州一起，拥戴藩主上京。因此，半平太正努力策动山内容堂。

“真的吗，坂本？”惣之丞向龙马确认，然而龙马自己也似懂非懂。

“嗯？哦，是啊。”龙马慌忙随口应答，但心思却被别的事占据。

“久坂……”这个人引起了他的好奇。

——收二郎说得没错，武市半平太一再向城里递出请愿书。但是日复一日，一直没收到容堂的回复。

“是吉田东洋。那家伙是开国派的，吉田东洋挡下了我的请愿书。”半平太不甘心地看着墙上“尊王攘夷”的挂轴。

龙马对着半平太的后背说：“那么，只有先去说服吉田大人了。”

“那个人根本不懂什么叫尊王攘夷！”

“你不能如此武断，这只会招来冲突啊。”

半平太回头。“龙马，你加入勤王党是为了阻止我独断独行吗？就算这样也好。你是我唯一可以交心的朋友，只要你在我身边就好。”

龙马的意图被识破了，但半平太对攘夷狂热，是想保护日本不受异国侵略，这份单纯的心情，龙马不是不了解。

“其实，我有一事相求。请允许我去长州。我想见见久坂玄瑞这个人，我想了解攘夷到底是什么。所以，我要去见见久坂，向他请教。”

龙马的请求令半平太十分感动。“龙马！你终于有这个想法了吗？太好了，这太好了。久坂大人虽然年少，但却是个聪明有骨气的人！”

玄瑞比龙马小五岁，这激起了龙马更大的好奇，无论如何想去见见他。

“去吧！我帮你写介绍信，你就去长州吧。”半平太二话不说地全力支持。

——对龙马而言，这是在修炼剑术之外的第一次旅行，也是后来龙马人生中无数次旅行的开始……是的，有想见的人便不辞辛劳地去见他，这便是坂本龙马人生之路的开端。

龙马的目的地是长州的荻镇，这是藩主毛利敬亲居城的城下町。久坂玄瑞的家就紧邻着吉田松阴当年所开设的松下村塾。

玄瑞领着龙马进到房内，没片刻便认真读起半平太所写的介绍信。

墙上贴了写有“肉身纵朽武藏野　永世不屈大和魂”的纸轴。龙马朗读出来，玄瑞骤然号啕大哭。

“这是松阴老师辞世时所写的诗句！老师被幕府逮捕，最后含冤而死。呜呜呜，死前他想起自己的际遇，便写下这诗句……”

龙马看着眼前啜泣不止的玄瑞，一时不知该说什么好。

企图偷渡登上培里黑船的松阴，在被幕府押送回长州藩后，直到安政大狱被处刑之前，他开设了松下村塾，短短几年间给了来求学的塾生莫大的影响。

玄瑞边拭泪边将介绍信折好。

“欢迎你来到长州。坂本兄，你是在哪里遇见松阴老师的？”

“在下田海岸遇见的。老师当时正计划登上黑船……”玄瑞又哭了一阵。似乎将失去松阴这巨大支柱的悲伤和悔恨，一口气倾注于此。

“松阴老师横渡美利坚，是为了了解敌人，为了保护日本不受侵略。所以，我必须继承老师的遗志。”

“对不起，久坂大人，老实说，我还不太了解攘夷是什么，请你指教。”

玄瑞的目光再次落在介绍信上。龙马加入土佐勤王党，年纪也比玄瑞大，不过龙马的举止却完全感觉不出居长的态度。

“久坂大人是松阴老师的弟子，这跟年纪没有关系，您不愿意吗？”

“坂本兄真是直率，像你这样的人我还是第一次遇到。好吧，那我就知无不言、言无不尽。请问吧！”玄瑞也打开心胸与龙马坦诚相见。

“日本真的被外国侵略了吗？大家都这么说，但我总是不明白。美利坚并未要求开战啊？他要日本开国，开始与日本交易，这怎么能说是侵略呢？”

玄瑞注视直率丢出问题的龙马。“好问题！”

“啊？”

“没错，如果不了解这一点，就没办法攘夷。正如坂本兄所言，美利坚确实没有轰着大炮登陆日本。但是，日本的确一再被侵略了。”

理由就是日美修好通商条约。例如，日本钱一枚小判本来相当于美国货币十五分。但条约中却规定，一枚小判等于五分钱。也就是说，经由两国交易，日本的钱不断被美国搜括去了。美国利用了幕府的无知，这是份完全不平等的条约。不平等条约的效应下，日本各地的物品价格不断上涨，庶民的生活也受到压迫。

“这就是那些外国人的阴谋。之后，他们再任意找个借口，也许就准备开战了。但是，到时候日本已经是千疮百孔，只能像清国那样，任凭外国宰割，成为他们的殖民地了。”

“这太可怕了……”

“所以我们要攘夷。若现在不开始，日本就没有未来了。懂吗，坂本兄？”

“懂，这下我真的懂了。”

因此，半平太才跳出来策动土佐藩，但吉田东洋却在前面阻挡，虽然日本各地不希望进行攘夷的，并不只土佐一藩。

“长州藩府也重用开国派的长井雅乐。那个人对尊王攘夷论完全充耳不闻，那种家伙，我算是放弃了。根本是对牛弹琴！”

“可是，如果那个人掌握了藩政呢？”

“所以才要尊王啊！一君万民。”玄瑞指着墙，上面贴着一张纸写着“一君万民”，“天下唯有一君，我们所有人都是他的家臣。实行攘夷和藩或藩主大人都没有关系，就算舍弃藩都无所谓。”

“舍弃藩？！”这个说法令龙马心惊胆战。为藩效力，乃武士生存的根本。

玄瑞继续说：“幕府也是一样。德川幕府君临各藩之上，视统治日本为天经地义，但他们原本也只和我们一样，是天子的家臣。幕府不明白这个理，还把日本带进这么危险的处境，这种幕府不要也罢！”

“不要幕府？”

“坂本兄，武市兄的想法已经过时！现在已经无暇再顾及藩的意向。若想保护日本，就算脱藩也要挺身而出。”

“脱……藩？！”

玄瑞取过笔来，在纸上大大写下“脱藩”二字。

“就是离开藩国，舍弃藩。这就是脱藩。你从松阴老师身上学会了什么？人若有志就该勇往直前，不是吗？”

朝着黑船勇往直前，松阴曾摊开双手对龙马如此说。

（我便没有任何借口，不管会面对什么样的命运都不在乎。而我现在必须做的，便是坐上黑船到美利坚去！……你的使命又是什么？）

那时，龙马面对了自己。

“坂本兄，日本已不容我们犹豫。要站出来，要跳出去，要奋战！哦哦哦哦，啊啊啊啊，松阴老师啊！”玄瑞百感交集，痛哭起来。

看着充满激情的玄瑞，龙马只能呆呆站在一旁。

惣之丞感受到的焦虑，也感染到熟知半平太的清平、亀弥太、卫吉、茂太郎的身上。勤王党成员不断向半平太施加压力，问他何时实行攘夷。

“萨摩那里推举岛津久光公上京都去了，我们也一定要拥戴前藩主大人上京才行。只有掌握藩，才能实行攘夷。”

半平太好不容易才让焦虑的勤王党员镇定下来。

——土佐藩的前藩主大人山内容堂，就是因为与幕府大老井伊直弼的开国论唱反调，而被下令禁闭。半平太认为，他当然是攘夷派。在半平太来看，容堂公之所以迟迟没有行动，全都是因为吉田东洋从中作梗。

必须纠正吉田东洋错误的想法，除此之外别无他法。半平太写了不知多少封信给东洋。他送去的意见书，象二郎都交到东洋手上，但是东洋连读的意愿都没有。

“武市的勤王党总有一天会溃散，除非是坂本龙马取代他出来领导。”

东洋对龙马的高度赞赏，象二郎一直心怀不满。并且东洋提拔他担任高出其身份地位的职务，龙马竟然傲慢地拒绝，还偏偏成为武市的盟友。

“象二郎，你有今天的地位，是因为你是我的侄子。未来若是想掌理藩政，就得多磨炼识人的眼力。坂本绝不会永远屈居于武市之下。那小子的城府深不见底。总有一天，我要延揽他成为我的心腹。”

象二郎难掩对龙马强烈的妒意。

半平太的焦虑也来自柴田备后的责备。

“你忘了对我说过什么话吗？要在土佐发起攘夷风暴，让吉田东洋失势！”

“柴田大人，小的不敢忘。京都的攘夷风气愈来愈盛，这个风潮很快就会袭向土佐。到时就算是东洋也必须改变想法。这是在三条家工作的平井加尾捎来的消息，不会有错的。”

京都的三条公睦宅邸，商人送进来白粉和化妆用品。身为近侍的加尾在旁打点，从商人手上接过数卷书信。

进入房内，加尾将书信分类，确定屋外没有人走动后，才打开半平太送来的信。

“加尾，你传来的京都动向大有帮助。不过，我想知道的是能打击吉田东洋的讯息，请再多探查一些。万事拜托。”

加尾读着信，心情也变得复杂起来，读到后面更是激动难抑。

“……龙马终于对攘夷觉醒过来。现在，他在勤王党中已成为我的助力，帮我管理大家。龙马也期待你的帮助。仰仗你了，加尾。”

“龙马哥也……”她无法相信龙马也走入攘夷，并且还期待她继续刺探情报。

其实，半平太是因为自身的担忧而写了这封杜撰的信给加尾。收二郎不知半平太进退两难的窘境，也跟着来诉苦：“我快安抚不了大家了，发起一点事让大家做吧，什么都行！”

“再等一等，加尾就快要捎来好消息了。”

“老师，有不少人都想退出勤王党了……”

收二郎一向全力支持半平太，对攘夷行动也一直全力支持。但这样看来，连收二郎都快支撑不下去，半平太也快要屈服了。

这天是个暖暖的小阳春，遇到这种和暖舒适的日子，东洋总是不乘轿，徒步入城。东洋在象二郎的陪伴下来到玄关，突然听见门口守卫惊呼，跟着快步跑了进来。

“不得了了，有人……”门外似乎出了什么事。

东洋与象二郎带着家臣急步走到门外，在距离门口一步之远的地方站定。数十名勤王党员正坐在地上，以必死的眼神望着东洋。以藏、清平、卫吉、茂太郎、龟弥太、团藏、嘉助、信吾、惣之丞、收二郎，还有坐在最前头的半平太。

半平太直望着东洋，两手扶地。“连日来，小人多次向吉田大人奉上意见书，却一直未获回音。无论在京都的天皇还是前藩主大人山内容堂公，都同样期望攘夷。既然如此，为何吉田大人却仍顺从幕府，采取开国路线呢？求大人务必给我们一个答复。”

半平太以下所有人都怀着尊王攘夷的信念，赌上性命坐在此地。

“你们是来威胁我的吗？”东洋一开口就向众人施压，“武市，你开口天皇闭口天皇，你何以得知天皇的圣意？！”

“天皇不喜洋人已是众所周知的事实……”

东洋高声掩盖半平太的话，不让他说完：“那么，天皇是期望攘夷吗？我从来没听过这件事。而且容堂公也从来没说过要攘夷。”

“但是，藩主大人不是与幕府意见相左吗？”

“容堂公只是对幕府的继承人问题有意见，与开国无关。”

东洋说的是第十四代德川将军的继承人之战。容堂、水户藩主德川齐昭推举一桥庆喜，而大老井伊则拥护纪州藩主德川庆福，争取将军宝座。而最后庆福成为现任的将军家茂。在安政大狱的波涛中，井伊下令容堂在家禁闭，调离政敌谋求权力的稳定。

“你说要拥护容堂公请求天皇匡正幕府。然而，山内家之所以能治理土佐，全是当年德川家的恩德。对山内家而言，德川大人有再造之恩，所以容堂公说什么也不可能与德川家兵戎相见。”

东洋从两百五十年前，长宗我部被削去职位、土佐封赏给山内家开始说起。思虑清晰、辩才无碍。半平太勉强忍住心中的胆怯。

“不过，在各大名当中，容堂公一向享有贤君的美名。他应明白日本现在面临有史以来最大的危机，考虑未来比起过去的恩情……”

“大胆！武市！你竟敢指责前藩主大人！身为武士怎可说出如此背信忘义的话！”

“小人该死。”

大家痛心地看着半平太向东洋低头。

“象二郎，走了！”

东洋才刚迈出步伐，半平太即刻扑前抓住他的衣摆。“吉田大人！求您禀告容堂公，我有话想说。日本应行之道、土佐应行之道，唯攘夷一途啊！”

“住口！”东洋一脚踢中半平太的脸，“我最讨厌你这种人。心胸狭隘、思虑浅薄，却固执己见。纠集一群无知之徒，还骄矜自满地成立土佐勤王党，有人称自己老师就沾沾自喜。你们这群无智无才的党徒，我根本就不放在眼里，但如果你们再不知分寸，我就让你们知道厉害！不要再让我见到你！”

东洋瞪视每个在场的勤王党成员，厉声恫吓后便径自离去。半平太还想追上去，却被象二郎一脚踢中鼻子。喷出的鼻血染红了脸，半平太倒在地上。

“啊！”因为屈辱和疼痛，半平太咆哮起来，气愤过度手指竟直插入地面。近乎疯狂高声惨叫的神态，让收二郎、惣之丞等人都惊骇得说不出话来。

“真是一群不知天高地厚的家伙！”

“但是……坂本不在其中。”东洋浮出笑意，他那满意的表情让象二郎的心愤怒得痉挛起来。

弥太郎在夕阳余晖中快步走着，赶路回家。弥太郎迎娶女子喜势是在龙马到长州拜见玄瑞的时候。弥太郎认为之所以能娶得媳妇，全是因为东洋赐给他下横目[①]的职务，因此对此恩德感激莫名。喜势气质文雅，弥太郎深深为她倾倒。

“我回来喽，喜势！”

大力推开门，却看到龙马与弥次郎正喝得酒酣耳热。龙马说，他是特地带着酒和小菜，来为弥太郎祝贺的。尽管喜势满脸笑意地迎接夫君，弥太郎却目不转睛地直盯着龙马。

---

① 江户时代官职，辅佐横目付，监察将士行动，纠举不法之事。

夜深时分，弥次郎酒足饭饱沉沉睡去。美和把碗盘端进厨房后，弥太郎要喜势也去帮忙，他与龙马单独对饮。

“龙马，我一直在等你。”弥太郎不知为何，咧开嘴对着龙马直笑。

龙马一边品尝喜势做的菜，一边频频点头地喝着弥太郎帮他斟的酒。

“其实，我应该先到武市兄那儿露面。不过事情有点复杂，所以我想就先到你这儿帮你庆祝一下。”

“是吗？来得好啊。来，再喝一杯！”

“有什么事吗？弥太郎，怎么从刚才就一直笑个不停。”

难得连龙马都察觉到有些稀罕，但弥太郎仍笑个不止。

“不过，没想到龙马你居然加入勤王党。你何时成了攘夷派，我怎么没听你说过？”

“你果然在生我的气。难得蒙吉田大人提拔，要让我进城，我却推辞了，让你颜面无光吧。”

“这点小事别放心上。我啊，我很尊敬你哦。御小姓组不是下士高攀得上的身份啊。你宁愿舍弃这出人头地的快捷方式，坚持贯彻自己的信念，真了不起！”

弥太郎笑嘻嘻地帮龙马斟满了酒，但如此吹捧反而让龙马难以消受，因为他并非抱着要让弥太郎赞赏的想法投入攘夷。

“弥太郎，不瞒你说，我加入勤王党的心情，与其他人都不一样。这次的长州行让我更了解了这点。”

龙马不觉吐露了心事，但弥太郎没听进去，只是随意应答，在自己的杯里倒酒。龙马也没在意，玄瑞给他的莫大影响此时占据了他全部的思绪。

“在我心里，也很想努力保护日本。”

“喂，龙马，如果你觉得对我过意不去，我有件事想拜托你。”

“因为我是日本人啊！我不但是土佐人，更是日本人。”

“既然你不想要御小姓组的身份，不如送给我吧。”

“就算在土佐如何受到器重，我也不觉得高兴。”

“这样的话，你可以向吉田大人帮我说说好话吗？”

“勤王党里也没有我的容身之处。”

“你到哪儿去容身都行，把我推荐给吉田大人吧。”

“弥太郎，你没想过走出土佐吗？难道你不想不再受上士下士的束缚，自由自在、随心所欲地生活？”

“别闪避话题。我已经有了个人人称羡的妻子。出人头地，让妻子过好日子，才是男人的生存之道。”

龙马深深凝视着弥太郎的眼睛。眼前这个人还是那个为了脱离贫苦，以学问为凭恃，甚至假造证明也想到江户去的人吗？

弥太郎看到龙马的表情，起了疑心说：“我知道你心里在想什么。舍弃了出仕之路，才发现与勤王党的理念不合，所以后悔了吧？不过，如今你已经无法回头了。今天早上，勤王党那些人围在吉田邸前，武市还被踢了好几脚。下场如此凄惨，想必你也抛不下他吧。”

“什么！”龙马大吃一惊。

“龙马，我拜托你。请你向吉田大人说情，把御小姓的职务让给我岩崎弥太郎吧！”

“武市兄他……”

“你听到了没？龙马！看着我的脸！”

弥次郎酒醒过来，挠着屁股起身，似乎还想再喝一点酒。

“你喝得够多了吧！给我滚一边去！”弥太郎气呼呼地把弥次郎赶走，回过头，龙马已从弥太郎家飞奔而出，弥太郎还想阻止，却被弥次郎抓住。“我的酒在哪儿？是不是全给你喝了？”弥次郎纠缠不休。

半平太陷在梦魇中，被重重踢到的脸肿了起来，一片淤青。阿富拧了湿毛巾贴在半平太额头上，然后快步走出屋外，把水桶里的水换掉。半平太在梦中还发着呓语。

（我最讨厌你这种人。心胸狭隘、思虑浅薄，却固执已见。）

东洋恶狠狠的唾骂声、被脚踢的屈辱随着身体的疼痛，反复在他心中涌现。

“再这样下去就完了。”有人在对他说话。

半平太睁开眼，看着房间。角灯的光线映照出暗处的人影。另一个半平太又出现了。

“武市半平太与吉田东洋本就是水火不容，他是你永远的敌人。如果在此结束，攘夷之火就要熄灭了。土佐藩的将来、日本的将来，还有你，都会完蛋。”

“别说了！”半平太发出蚊子般的呻吟想抗拒。

“柴田大人会对你失望，加尾会怨恨你，收二郎和以藏都会看不起你。”

“别再说了！那你要我怎么办！”半平太啜泣起来。

“别哭，武市。我有个好法子，这法子可以一举突破僵局……我永远是你的好伙伴！”另一个半平太在微笑。

阿富提着水桶正要走进半平太房间时，门外传来敲门声。

“武市兄、阿富嫂，我是龙马。”

阿富开了门，急奔而来的龙马气喘吁吁地关心武市的状况。

“他满脸是血的被带回来，成天满嘴胡言，而且反反复复。龙马先生，到底发生什么事了？我的夫君到底怎么了？”

阿富惶恐不安，龙马只得压抑住自己的着急，勉强露出笑脸。“别担心，阿富嫂。我去问问，你在这儿等着。”

半平太的房间安静无声，只有角灯的光线映照在纸门上。

“武市兄，是我，龙马。”龙马从走廊轻声呼唤，然后打开拉门，半平太正坐在棉被上。

“哦，是龙马。”半平太一如往常笑脸相迎。但他的睡衣有些凌乱，胸口也袒露出来。

“出了什么事？我听说你被吉田大人踢伤了。武市兄，你跟吉田大人说了什么吗？”龙马着急地问，但半平太只安稳地笑笑。

“龙马，有件事拜托你。”

“什么事？”

“帮我把吉田东洋杀掉！”

“你在说什么？武市……”

半平太的手蓦地揪住龙马的胸口。“只要那个人消失，一切都会好转的。这么好的点子，我为什么到现在才想到！龙马，杀了东洋！”

半平太神情大变，逼近的脸庞近乎悲怆，两手还不住发着抖。

“我……那浑蛋用脚踢了我……在大家的面前！我可是

个武士，受到这种屈辱怎可忍气吞声！只要吉田东洋在这世上，我土佐勤王党便无路可走。我一定要让他知道，我们牺牲自己也要攘夷的决心。”

“好、好，武市兄，我去和吉田大人见一面，听听他到底怎么打算。我也不能再忍受日本被异国侵略，如果吉田大人说的话没道理……”

“你要怎么做？”

“我就当场杀了他。”龙马拍着自己胸脯，向半平太保证。

弥太郎愤愤不平地伸手拿酒。“还以为朋友什么都好说……龙马这小子……还真是冷酷……”

酒过三巡，醉意加上不甘心的怨气，弥太郎正想起身就寝时，大门传来叩叩的敲门声。

“这么晚了，是谁啊？”

弥太郎打开门，一个武士戴着斗笠站在门口。那人掀去斗笠，眼睛直盯着弥太郎。

“后、后藤大人！什么风把您吹来……”担心家人听见，弥太郎走出屋外。

“是坂本的事。”象二郎说出龙马的名字时，弥太郎的心兴奋得快要跳出来。

“难道，龙马去说了？他要把御小姓的职务让给我吗？那小子！心地还不错嘛。只有他把我当成朋友。”

“朋友吗？那你应该很适合做这件事。”

“多谢大人。在下岩崎弥太郎就算拼了命也会……”

“我不要你的命。”

“……啊？”

“我要的是坂本的命。”

“什么？”

“岩崎，给我杀了坂本。”

“……啊？！”

象二郎宛如鬼魅般的脸迫近弥太郎。

“给我杀了坂本！”

第十三章　再会了土佐

龙马精疲力竭地在茶店外廊上坐下，卸下大小两把长刀放在一旁。如今，他对武士这身份已然厌倦，不自觉吐了一口气，把茶灌进嘴里。

弥太郎在人来人往的大街上，垂头丧气地走着。怀里那包东西让他心慌，那是那晚象二郎交给他的小纸包。

（把这混在酒里让那家伙喝下。）

（后藤大人！）

（这是上士的命令，你也不想跟新婚的媳妇分开吧！）

他惊慌失措地几乎快哭出来了，无意识地一直唤着喜势的名字。来到茶店前，弥太郎心想："这下完了。"龙马正坐在外廊上，手拿着茶杯呆呆地坐着。这可是完成象二郎使命的绝佳机会。两种情绪在弥太郎心中争相不下。

"龙马，你发什么呆啊？"弥太郎向老板点了茶，在龙马身旁坐下，"一边喝茶一边想事情啊？"

"嗯……我在想，人与人之间，为什么不能和乐相处。"

"哦。"弥太郎漫不经心地回应。

"我死去的母亲对我说过……仇恨不能带来任何好处。"

"哦，这怎么说？"弥太郎装出平静的样子，把老板放下的茶杯拿在手上。或许是紧张得出乎想象，拿茶杯的手竟抖个不停。弥太郎赶紧把茶杯放回几上。

“我的亲生母亲为了在上士的刀下救我一命，自己却因此而病死了。可是，纵使遭受到那般残忍的对待，我母亲还是告诉我，不可憎恨别人，要珍惜自己的性命。不论上士、下士，不论攘夷派、开国派，不论是日本人还是外国人，大家若能像家人一般和乐相处，这世间就没有战争了。”

跟弥太郎说完话，龙马起身，说要到茶店后小解。

弥太郎的眼直盯着龙马的茶杯。他伸手到怀里取出纸包，手指颤抖着，一时间竟打不开纸包。他告诉自己镇定下来，然后打开纸包，迅速看了周围一圈。店老板正和客人谈笑，路过的行人谁也没多看弥太郎一眼。弥太郎用颤抖的手把纸包里的药粉倒进龙马的茶杯，再用手指搅散。

“抱歉！刚跟那边的小孩玩了一会儿。”

龙马的声音回来了。弥太郎赶紧把濡湿的手指在衣服上擦干，装着若无其事的样子拿出铜钱。

“我该走了，还得工作呢！”

弥太郎刚从茶店外廊站起，就被龙马叫住，弥太郎的心咚地一跳。

“好好照顾喜势，娶了那么可爱的贤妻，你真是太幸福了，早点生个胖儿子吧。”

“要你多管闲事！”弥太郎冷冷地回呛，龙马反而笑了。弥太郎跨出一步又再回头。龙马正笑吟吟望着他。弥太郎迈开了步伐想挥走那笑意，这是上士的命令，是象二郎交给他的使命。

“这是对的……我也是没办法……”他自言自语地说着，背后仿佛传来龙马痛苦的呻吟和茶杯掉在地上的声音。“哇！”龙马吐了一大口血，倒在地上拼命挣扎。弥太郎吓得寒毛直竖，不禁回过头去。

龙马正笑着跟老板聊天，原来刚才全是弥太郎自己的想象。这时，龙马拿起茶杯送到嘴边。

“龙马！别喝！那茶不能喝！”弥太郎大喊着跑向茶店。

神社的庭院里，除了风吹树林的沙沙声外，一点声音也没有。弥太郎带着哭声招认：“是后藤象二郎大人所下的命令。他是吉田大人的侄子，吉田大人已打算杀了你，因为你成了武市的同志。”

龙马更加不解。

“我话说在前头，龙马，我不是想帮你，而是很生气。在土佐下士果然贱如蝼蚁，奉上士之命，蝼蚁就得对蝼蚁下毒。世上岂有如此荒唐、如此残酷的事！”

郁闷的心情一旦发泄出来，弥太郎就像从禁锢中解放般号啕起来。

清晨透亮的阳光照进坂本家的院子里，麻雀唧唧喳喳地吵闹着。龙马度过了无眠的一夜，躺在棉被里呆望着屋顶。

轻巧的足声在廊下响起。房门拉开，春猪露出脸来。

“龙马叔，起床了。”

“嗯嗯，天亮了吗？”龙马伸个懒腰，装着现在才清醒的模样。

这天早上，东洋对着照例坐在一旁的象二郎问道：“你昨夜到哪儿去了？”

“昨夜……昨夜……我去找女人了。”象二郎回答得吞吞吐吐，东洋闻到一丝说谎的气息，正好这时，家臣来报，龙马到访。

“坂本？”东洋略显讶异，将手上的毛笔搁下。

一旁的象二郎勉强镇定心情。

龙马平伏在院里等待，东洋走出房间站在檐廊下，象二郎也跟随在后。

“有什么事，坂本？”

“在下听说了武市半平太被你踢伤一事。武市号召下士，现在已有威胁上士的实力。若再这样下去，土佐真的就要分裂了。”

听到龙马这样直率的发言，家臣们全都警戒了起来，象二郎更是立刻跳进庭院，拔刀相对。

“放肆！身为下士竟敢对吉田大人说这种话！”

“慢着。”东洋制止象二郎，询问龙马。

“你这么说有何目的？”

“让武市半平太入城，赐他一职。若能给予下士发表意见、参与政事的机会，就不会出现争斗的局面了。”

“你这个人真有意思。”东洋开心地笑了。

以前，东洋曾宣告，只要有才能，就算是下士也予以聘用。这一点龙马并未忘记。

“我踢武市，是因为他无能。现在土佐需要的是钱，所以我严禁浪费，促进交易，重整藩国财政。武市连这点都不懂，只会喊着攘夷攘夷……他太无知了！”

“可是……可是，吉田大人应该知道，现在日本正遭受侵略的危机呀。”

“不准多话，坂本！”叱骂的是象二郎，他迫不及待想挥刀斩下。

东洋并不在意，继续往下说：“驱逐外国乃是幕府的责任。藩只要考虑藩的事就行了。长州、萨摩想做什么我不管，我只考虑如何保护土佐，我比任何人都爱土佐这地方。如何？坂本，你还想杀我吗？”

龙马讶异地望着东洋。

“你也是在土佐出生、长大的吧。快抛开武市，到我下面来吧。”

东洋所说句句都是事实。

象二郎在一旁举起刀。“你想杀了吉田大人吗？”

“象二郎！你给我退下！”东洋叱喝。

龙马心里的决定被东洋识破，想法也被揭穿，心情也跟着松缓了下来。“吉田大人是个了不起的人。我相信您绝非无缘无故讨厌武市，也绝不是会叫弥太郎下毒的人。”

“什么？”

“不过，我的想法不同，我已不能只考虑土佐。还望大人包涵。”龙马双手扶地，深深行了一礼。

龙马告辞后，东洋把象二郎叫入屋里，怒骂：“你这个笨蛋！”

象二郎年幼失怙，从小到大一直受东洋照顾。对东洋来说，他愈是疼爱象二郎，就愈是生气。

“你以为坂本威胁到你的地位，所以想毒死他吗？”

"叔父，侄儿知错了。我痛恨坂本，受不了叔父被他抢走！叔父，请不要生我的气，不要嫌弃我。请宽恕我吧。"象二郎哭着请求。说起来，象二郎也是个孤独的孩子。

"你真是个傻瓜，叔父怎么可能嫌弃你呢。"东洋心生怜悯，伸手拍了拍象二郎的背。

岩崎家的晚餐，是用南瓜、鲣鱼、鸡等材料做的豪华咸粥。喜势为正在长高的弥之助盛了满满一碗，弥之助高兴极了。

弥次郎开怀地喝着酒。"爹赌博赢了钱就有好东西吃。"

"就是偶尔有点甜头，你爹才戒不掉赌。"美和也忘了平日的抱怨，心情极好。

弥次郎难得近日手气很旺。现在不管是赌花牌或是骰子，都不会输。自鸣得意的样子似乎忘了曾为赌受过多少苦。

一直忙里忙外的喜势，在美和的催促下才举起筷子。大家快快乐乐地围着餐桌，但弥太郎却一口饭也没吃。

"……喜势，如果，我的工作出了差错，你会怎么办？"

"怎么这么问……"

"我是假设。你会怎么办呢，喜势？"

"我是你的妻子，不管你走到哪儿我都会跟着你。"

喜势真不是一般的坚强，弥太郎感激涕零。

"是吗？老实说……"弥太郎说到一半便停住了，身旁的弥之助尝到久未吃过的豪华咸粥，吃得狼吞虎咽。这就是家庭的幸福。

"怎么了，相公？"喜势追问。

"我违背了后藤大人，哦不，吉田大人的命令，他叫我一定要达成的事，我没做到。”

“这哪是什么假设！”弥次郎脸色变了。

“我们逃吧，喜势！大家一起逃出土佐。”

“不行，老子才终于时来运转哩！”

“背叛了吉田大人，他们不会善罢甘休的，爹你别天真了。”

“都是你害的！”

“可不是嘛，笨蛋！”连美和都站在弥次郎那边，一起责备弥太郎。

“不管你们了！喜势，我们两人一起逃吧！”

“我不要，我不想离开土佐。”

“你刚才不是还说到哪儿都跟着我吗？”弥太郎抓起喜势的手，却被喜势甩开。“我不要。”

弥次郎蓦地开始吃粥。“趁现在能吃赶快吃。谁知道以后会有什么事，肚子空空没体力打架。”

美和、喜势和应该已经吃饱的弥之助，不约而同拿起筷子吃粥。弥太郎不禁呆住了。

大门吱嘎一声打开。安艺奉行所的中村安一郎走了进来，中村手上拿着一份东洋颁给弥太郎的令状。弥太郎脸色发青地跪下接令。

“岩崎弥太郎身为家臣，未能达成后藤象二郎所命之事，实属不该。不过，鉴于种种事因，将不再追究岩崎弥太郎之罪。”中村读完令状。

“欸？！这究竟是怎么回事……”弥太郎不觉抬起头来问道。

“这种事我怎么知道！总之，吉田东洋大人宽恕了弥太郎。

快谢恩吧！”中村完成了任务转身便走。

弥太郎放下心中大石，整个人都瘫软了下来。

夕阳射入了武市道场，照在“尊王攘夷”的挂轴上。半平太与躲在光影后的另一个自己对峙。

“你应该明白龙马杀不了东洋。不过，已经没有回头路了，半平太。”

“……我懂。”半平太向光影后的另一个自己答道。

半平太在等待，终于道场的门开了，三个人走了进来。

“来得好，大石、那须、安冈。”

那是半平太请求龙马按下血指印那晚，去接龙马来的勤王党成员。他们依照半平太的指示，十分谨慎，没有泄露行迹。

“有件大事要请你们去做。”半平太微笑。

第二天一早，龙马望着屋顶发愣，回想起前一晚的事，他清醒得完全睡不着。

惣之丞拉着龙马到暗巷里，双眼布满血丝地告诉他：“勤王党的吉村虎太郎脱藩了。我们也脱藩吧，龙马！”

惣之丞拿出怀里的一张纸，上面画了地图，连脱藩逃走的路线，他都想好了。这条路避开关所，可以越过国[1]境秘密到达濑户内海。

“等等，惣之丞，若是舍弃了土佐，就表示连家人都……”

“只剩现在了，龙马！如果现在我们不走，这国家就要完了。”

---

① 大约相当于中国的省级行政单位。

龙马当下没有决定，不过却落入了迷惘之中。走廊传来脚步声。

“龙马叔，起床了。”春猪打开门露出脸。

“哦，已经天亮了呀。”龙马又假装是现在才醒，伸了个懒腰。

这天的早餐，乙女也一起喝着香浓的味噌汤。每次她和丈夫争吵后就会回娘家，不过这次有点不同。

“那个人在外面有了女人。”乙女以前总是埋怨冈上是个吝啬的男人，从来不买东西给自己。但据说冈上居然买了和服的腰带给那个女人。

“这么说……是真的喽？！”权平吃惊地问。虽则惊讶，权平又想起最近耳闻的事。

“对、对了，吉村大人家的虎太郎听说脱藩了，闹得满城风雨。”

虎太郎的事，千野也听说了。“他说在土佐无法攘夷，所以就逃出去了。”

“脱藩的人再也不能回到土佐吗？”春猪担心地问，乙女点点头。“是啊，被捕的话，也许还得杀头呢！”

龙马吓了一跳，不知该露出什么表情好。吉村家被解职，说不定还会搞得家破人亡。

权平嘴里嚼着饭，打趣似的问：“龙马不会做那种事吧。”

没有回答。权平看了龙马一眼，他正停下筷子发呆。龙马的样子怪怪的，伊与、千野、春猪的视线都集中过来。

“……龙马？”

乙女喊他，龙马终于回过神来。全家人都对他露出不可思议的表情。龙马眨了眨眼，权平面带尴尬地转开视线，伊与、千野、春猪顾左右而言他，乙女则刻意挤出笑容。

“哥哥说你应该不会脱藩吧。”

“哥哥说到哪儿去了！”龙马敷衍地回答，但餐桌上突然弥漫着不自在的气氛。

“我吃饱了，今天要去练习剑术。”龙马察觉气氛不同，随即起身。

“龙马要在土佐开道场吧。”伊与像突然想起似的，吃着饭问道。

“那是当然的啦，母亲。”千野重新举起筷子。

权平喝着味噌汤。“一定会的，母亲。”

“未来的事我还不那么确定，我先走了。”

走出房间的龙马，好不容易才平复心中的摇摆走到门外。

权平及家人们默默吃着早饭，想借此逃避些什么。不过，一听到龙马出门的声音，所有人都停下了筷子，一同压抑着心中的忧虑。

“难道……龙马他……”

好一会儿，伊与才挤出这几个字，乙女也微微有些感觉。权平霍地站起，冲出居室，跑进龙马的房间。他打开抽屉开始搜寻。尾随而至的乙女、千野、春猪、伊与全都不敢出声。权平一脸恐惧地拉开一个个抽屉翻找。

突然间，权平停下了动作。在衣服之间夹着一张纸。

“这、这是什么东西？！”

权平手上的纸，是惣之丞交给龙马的地图。

“脱藩的……路线……”乙女的声音发颤，千野、伊与、春猪都因事态严重而坐立难安。

“不可以！我绝对不允许这种事！”权平把地图扔了，转身想出去。但衣角被乙女拉住。“等等，哥哥。龙马……如果真有这种想法的话……”

“什么……”

“刚才龙马的表情，哥你也看到了。龙马一直在忍耐。”

“你胡说什么。脱藩可是背叛藩主大人的重罪，若是被捕可是死罪一条啊！”权平愤怒地甩开乙女的手。

“那些龙马都知道！”乙女拉高声音说。龙马并非像权平所担心的，被别人诓骗蒙蔽。伊与心中那个温柔的孩子，已有了一般器皿无法计量的思想。

“我所知道的龙马，是个胸有大志的男子汉。他心里有着宏大的想法，已无法困在这小小的土佐。你们应该都明白，龙马终于找到了，他找到自己应该完成的志愿……他终于找到了呀！”

大家心里都了解，但是身为坂本家的家长，权平无法同意。

“你……你说什么傻话！那个小子是个爱哭鬼，是个晚上会尿床的、一事无成的家伙呀。”

“那些都已经过去了，哥哥。”

权平蓦然沉默了下来。就算没人提醒，他也明白，龙马得到北辰一刀流的目录，已是个一流的剑客。然而，权平仍然绞尽脑汁地想，如何才能阻止龙马。

“龙马是坂本家的次子，我家虽是下士，但本家是才谷屋，一辈子衣食无忧，他何必离开土佐呢……”

“哥哥，你这话就不对了。”乙女摇摇头，“把龙马困在土佐，是我们一厢情愿的想法。明明胸有大志，却在土佐一辈子开道场为生，这太残酷了。我不想让龙马照我们这种方式生活，我希望他能走自己坚信的路。”乙女费尽口舌努力说服兄长。

同一时间，龙马与半平太见面。

“吉田东洋大人并不坏，或许他的想法的确跟武市兄不同。不过，那位大人也正深切地为土佐打算。”

“……这就是你没杀东洋的原因吗？”

龙马与半平太之间仿佛拉起了一条紧绷的线。不过，半平太似乎厌倦了那条线，表情和缓下来。

“算了，龙马，别放在心上。听到东洋还活着，我也松了口气。你说得没错，不能因为想法不同就把他杀了。你点醒了我，我也该谢谢阿富，她为我担心了好久。”

半平太啜了一口茶，有意无意地注意走廊的动静。阿富站在走廊，她抱着盆子偷听屋里的谈话。知道半平太放弃了可怕的计划，眼里浮出安心的泪水，悄悄离去。

半平太并未死心，他只是不想让阿富担心。

“武市兄，不可以！”龙马双手扶地恳求说，“罢手吧，武市兄。看在我这个跟你从小玩到大的伙伴的面子上，求求你，罢手吧！”

在河边嬉戏，一起抓麻雀……龙马与哥哥权平年纪宛如父子，对他而言，半平太既是朋友，也是兄长。半平太若是继续进行暗杀东洋的计划，与龙马最亲近的好友将会消失不见。

“人一旦年纪增长就会变得聪明，也就不能再一起看着同样的事物。”半平太打断感伤地说。

"……武市兄！"

无法令半平太回心转意，失望和不甘让龙马几近崩溃。

劈好烧灶用的柴交给等在一旁的喜势，弥太郎说："我们要永远在一起。"

看着喜势灿烂的笑脸，弥太郎心中充满爱怜。他盼望两人可以携手走一辈子，但又有种不明就里的恐惧。

一阵踩着草地的脚步声逐渐走近。

"我突然想来看看你。"龙马向弥太郎走来，发现他身边放着一把算盘，显得有些意外，"你会打算盘？"

"在奉行所刻字被捕时，同一个牢房里的老人教了我做买卖的方法。他说同样的东西，价值因人而异，说得有趣极了。后来看到算盘就买了下来。"弥太郎不耐烦地解释，手上仍继续砍着柴。

"你对做生意有兴趣吗？"

"你真是烦！我只是觉得从今以后，武士也要会打算盘才有可能出人头地。没事的话，快给我走开。"

弥太郎举起斧头劈柴，龙马看起来颇为愉快地笑了起来。

"哎呀，真吓了我一跳呢。弥太郎，跟你认识这么多年，这话我还是第一次听你说呢。"

龙马小时候到才谷屋去玩，也曾有样学样地玩过算盘。

"我对做买卖也有很大的兴趣。我们本家是当铺才谷屋，那里的柜台就是我的游乐地。说起来，我的身体里也流着商人的血啊。"

"原来如此，你做人那么圆滑就是从那儿学来的呀。"弥太郎讽刺说。

"如果我够圆滑，就会一直留在土佐了。"

"……什么意思？"

"没、没事。你正忙的时候还来打扰你，那我回去了。"

龙马把算盘还回去，凝视着弥太郎。弥太郎心想，难道还有话要说吗？但龙马只说了声"走了"，便往来时的路走去。

"龙马……你究竟来干吗？"

"我不是说了吗？只想看看你。"龙马回头笑道。

——现在回想起来，我当时的困惑并不是错觉。然而，我做梦也想不到，龙马就这样从此消失了。

那一夜，龙马回到坂本家，家里熄了灯，一片悄然。他有些讶异地看向二楼，他的房间里还亮着灯。

走进房间，乙女在帮龙马补裤子。

"你在做什么？"

"这裤子得补得结实点，要不然哪里撑得过长途奔波？这个也拿去吧。"乙女把事先准备好的刀，搁在龙马面前。

"姐姐……"

"这是坂本家代代相传的'肥前忠广'刀，据说是把名刀呢！"

"大家……都知道了？"

"谁叫你那么不会说谎。"

"我……我……"龙马泪如泉涌，一句话也说不出来。

"别再说了，龙马。多注意身体，别因为拿了把好刀，就随意乱挥。不管你到什么地方，我们一家人都会想着你的。”

“对不起……”

看到龙马热泪盈眶，乙女忍不住抱住他。“要保重！保重啊！”乙女放开手，没再看龙马便转头出去。乙女的脸也已布满泪水。

“对不起，乙女姐。”龙马俯首行礼，一颗颗泪水落下，沾湿了坐垫。

乙女伫立在走廊压低声音啜泣，不让自己发出呜咽声来。

“对不起，母亲……”

伊与躺在自己房里，无声地流泪。

“对不起，嫂嫂、春猪……”

千野和春猪躲在棉被里，千野忍着泪抱紧呜咽的春猪。

“对不起呀！哥哥。”

权平一直望着屋顶。

龙马抱起刀，连心也在哭泣。

清晨阳光射入屋里，同样的时间春猪又来到龙马的房门前。

“龙马叔……起床了。”

拉开门，没有棉被，也没有龙马。她心里明白，龙马已经走向了他所期望的道路。春猪拼命忍着，不让泪水流下来。

早餐的时候，谁也没提龙马的事，没有往日的嘈杂唠叨，大家静静地吃着饭。

“早饭吃完，我去才谷屋一趟。”权平突然说，“那些上士们表面上很威风，但家里多是入不敷出，多少都有一两件东西抵押在才谷屋里。有了那本借款的账簿，就算龙马脱藩，他们也不敢拿坂本家怎么样。”

这是权平保护家人的策略。

——那天傍晚，我才得知龙马与泽村惣之丞脱藩的消息。而龙马不在之后的土佐，发生了惊天动地的大事。

傍晚滴滴答答下起了小雨，到了晚上转成了倾盆大雨。

“你们是什么人！”

跟在灯夫后面的东洋，被三个武士拔刀团团围住。三人都戴斗笠穿蓑衣，看不清面貌。那须信吾、大石团藏、安冈嘉助面带杀气地举着刀，眼中满布血丝，亢奋得呼吸沉重。

灯夫惨叫一声逃走了。

东洋一面保持距离，一面慎重地脱掉木屐。

“你们明知我是吉田东洋，是故意冲着我来吗？”

没人回答。三人不怀好意地缩近和东洋的距离。他们或许之前就已说好，一边威吓东洋，一边彼此交换眼色，慢慢地向他逼近。

“你们……是武市的手下！”

东洋想往后退开，但那须已从前方砍下。东洋架开刀的刹那，安冈从背后攻来。东洋翻身抵挡，但安冈已朝他挥下一刀。就在那瞬间，大石冲过来斩向东洋的脚。

东洋跪倒在地，那须、大石、安冈一齐刺向东洋。

“武市！你这个大笨蛋！”东洋发出临死前的呐喊。

半平太在书桌前写字。

“雨好像更大了。”

听到阿富对他说的话，半平太平静地点点头，继续写字。阿富望着半平太，沉浸在夫妻相伴的安宁时刻。

大雨激烈地打在已经断气的东洋身上。空洞的眼中流出悔恨的泪水，在他的眼中，似乎看见了土佐的末路。